Roman Reischl

DER

GRAND

PRIX

Zeit für Chaoten

Jugendliteratur

Illustriert von Monika Reischl

I LOVE U!

Herstellung und Verlag:
BoD – Books on Demand, Norderstedt
ISBN: 978-3-7519-2126-8

Kapitel 1

Prolog

Ankommen

Der Himmel über dem Los Senderos International Airport war wolkenlos.

Von den vielen Menschen vor dem Flughafengebäude war Chrissy die Einzige, die die warmen Sonnenstrahlen nicht genießen konnte. Etwas verloren stand sie unter dem Vordach und schaute hilflos in den Reiseführer, den sie sich kurz zuvor beim Souvenirshop für einen überteuerten Preis gekauft hatte. Bereits seit einer Stunde wartete sie nun schon auf ein Taxi, doch es ließ sich einfach keines blicken, dabei sollte man meinen, hier wimmle es doch nur zu von bestellbaren Chauffeuren für „normale" Leute.

Irgendwie musste sie doch ohne Taxi vom Airport zu ihrer neuen Behausung kommen. Gab es nicht irgendwo eine gottverdammte U-Bahn?

Suchend wandte die Schwarzhaarige ihren Blick von dem Reiseführer ab und ließ ihn durch ihre Umgebung schweifen. Der LSIA war ein moderner und sauberer Flughafen. Der Steinboden war in einer hellen Farbe gehalten und in der Mitte wurden etwas dunklere Steinplatten künstlerisch zu einem Kreis gelegt. An den Steinsäulen standen Menschen mit Koffern und unterhielten sich, oder schauten auf ihre Handys. Einige saßen auch auf den zwei Steinbänken, zu ihrer rechten und linken Seite.

An den zwei Flügeln der obersten Ebene des Gates 4, führten Treppen in den unteren Bereich. Ob sich dort wohl der Eingang zur den unterirdischen Schnellbahnen befand?

Taxis konnte sie hier oben nicht erblicken, obwohl die enge Straße voll mit fahrenden Autos war.

Bepackt mit Koffer und Reiseführer ging Chrissy auf eine der Treppen zu, doch kurz bevor sie diese betreten hatte, wurde sie grob zur Seite geschubst. Vor Schreck ließ sie ihr Gepäck fallen.

„Pass doch auf, du blöde Trulla!", giftete sie ein Mann mittleren Alters an und ging einfach weiter.

Unten angekommen kickte er ihren Koffer direkt bösartig zur Seite.

Etwas erschrocken über diese Tat hielt die Brillenträgerin inne, so hatte sie sich ihre Ankunft in Los Senderos nun wirklich nicht vorgestellt.

Langsam trat sie die Treppe hinab, hob ihren Koffer auf und sah sich erneut um.

Ein „Oh" entfuhr ihren Lippen, als sie die Taxiparkplätze erblickte und nun verstand sie, warum sich oben kein einziges Taxi hatte blicken lassen.

Peinlich berührt, als hätte ihren Fehler jemand mitbekommen, senkte sie den Kopf und lief an einem Ticketautomaten vorbei, aber nur kurz, dann gab sie dem Drang sich umzusehen nach.

Der untere Bereich war ebenso gepflegt und bot zahlreiche Sitzmöglichkeiten, wie zum Beispiel Sitzreihen mit blauen Sitzen. Die vielen, gut platzierten Pflanzen brachten das

Ganze in einen harmonischen Einklang, der von der Hektik, die herrschte, versuchte die Crowd abzulenken, und auf zwei breiten Steinsäulen prangten jeweils eine überdimensionale, in LED-Schrift leuchtende 4.

Chrissy sah nach oben. Ein großes, rotes Schild mit der Aufschrift „LSIA" hing über dem Eingang der U-Bahn, auf welches sie nun sichtlich erfreut zu hastete. Sie lief direkt in die Arme eines dunkelhäutigen, jungen Mannes, ungefähr ihren Alters und definitiv sehr gut aussehend.

Chrissy rempelte ihn leicht an und hatte schon damit gerechnet, erneut doof angemacht zu werden, doch der Kerl vor ihr lächelte nur verschmitzt. Er trug ein weißes Hemd, dessen Ärmel er leicht hochgekrempelt hatte und eine graue Weste, dazu eine einfache schwarze Hose. Seine dunklen Haare waren dezent nach oben gegelt.

Er wirkte wie ein junger Geschäftsmann, etwa aus einem Start-Up-Business oder Ähnlichem.

„Entschuldigung!", brachte die Schwarzhaarige nun auch endlich hervor, nachdem sie den jungen Mann ausgiebig gemustert hatte.

„Kein Problem", entgegnete er mit einer glockenhellen und ruhigen Stimme.

Eine kurze Pause entstand, in der er die junge Frau ebenfalls mit seinen Blicken begutachtete. „Ich bin Jeffrey!"

„Oh, ähm... Verzeihung, wie unhöflich. Ich heiße Chrissy. Von Christiane."

„Chrissy?", wiederholte ihr Gegenüber, mit dem seltsamen Namen Jeffrey, nachdenklich.

„Ach! Du bist die Neue, oder? Chrissy Peanutbutter. Die, die mit ins Geschäft einsteigen möchte", konterte er kecker als von ihm erwartet.

Die Schwarzhaarige blinzelte irritiert.

„Mit ins Geschäft einsteigen?"

„Nicht? Die Beschreibung von meinem Boss trifft völlig auf dich zu."

„Ich weiß nicht was du meinst, sorry."

„Oh... Dann haben wir ein Problem."

Jeff lachte kurz auf.

„Mein Oberchef vom Dienst meinte nämlich du wüsstest schon über alles bescheid."

„Dein Boss?"

Der junge Kerl sah die junge Frau vor sich geduldig an.

„Bojan?"

„Die Dinger im Wasser?"

Wieder musste er lachen.

„Er ist der Boss von Techscalibur."

Chrissy glaubte fast, der zuerst freundliche Typ vor ihr wäre geisteskrank.

„Dieses Ding, was im Wasser schwimmt, ist dein Boss?"

Nun war es Jeffrey, der das Mädchen nun immer verwirrter betrachtete, doch dann brach er wieder in Lachen aus.

„Ich glaube das wird noch lustig mit dir. Komm mit, ich bring dich erst mal zu ihm. Zu Bojan."

Mit diesen Worten nahm er auch schon charmant ihren Koffer und trug ihn fort. Chrissy kratzte sich noch am Kopf, dann folgte sie ihm eilig und etwas überfordert mit der Situation zu einem an der Seite geparkten Sportwagen. Es handelte sich um eine absolut geile Megagerätschaft.

Jeffrey hielt der Neuen die Beifahrertür auf, nachdem er den Koffer auf die hintere Reihe verfrachtet hatte. Unsicher überlegte Chrissy was sie nun tun sollte, letzten Endes stieg sie aber dann doch ein.

Das Lächeln des Schwarzen hatte etwas vertrauensvolles, so dass sie nicht glaubte, er könnte ihr Böses wolen. Der Schein kann natürlich ja auch trügen.

Nun war es aber zu spät zum Nachdenken und Umkehren. Jeffrey stieg auf der Fahrerseite ein und startete den Motor. Schelmisch zu ihr hinübergrinsend ließ er noch flink sein Metallfeuerzeug in der Hosentasche verschwinden.

„So, jetzt geht es los, Schätzchen."

Bei solch einer liebevollen Tonart horchte Chrissy auf.

„Wie hast du mich eben genannt?"

Diebisch lächelnd sah der turbulente Fahrer sie an, strich dabei über das Lenkrad.

„Nicht du, ich rede mit meinem Auto."

„Du nennst dein Auto Schätzchen?"

„Nein, eigentlich heißt sie Clarice."

„Das machte die Sache auch nicht besser", dachte Chrissy in sich hinein und biss sich auf die Lippe, um jetzt keinen falschen Kommentar abzulassen.

Die Fahrt durch die Innenstadt von Los Senderos schien lange, doch so hatte Chrissy zumindest die Möglichkeit bereits etwas von der Stadt zu sehen. Sie war groß und lebendig, zur Tag- und Nachtzeit, aber das wusste die Zwanzigjährige auch vorher. Viele Hochhäuser, so genannte Skyscrapers ragten am Horizont empor und bildeten in der Sonne eine traumhaft schöne Skyline. Sie hoffte, sich diese irgendwann bei Nacht ansehen zu können.

Leicht in ihren Gedanken versunken, hätte die kesse, lockige Dame fast nicht bemerkt, dass sie vom Boulevard Del Pierro in den Strangeways Drive einbogen, um dort vor einem Wohnhaus, gegenüber einer Kirche, zu halten.

Jeffrey sah sie ein wenig erwartungsvoll an.

„Du brauchst nicht nervös zu sein, sie sind alle ganz nett. Naja, fast alle."

Sie verstand nicht ganz, was er gemeint hatte, doch ehe Chrissy hätte fragen können, öffnete sich das Garagentor und sie bogen ein in eine geräumige Garage, in der mindestens noch neun anderen Fahrzeuge standen, zudem eine weitere Person.

Da hantierte eine schöne, braun gebrannte Frau mit dunkelblonden Haaren, die zu einem Zopf gebunden waren. Gekleidet war sie in einer engen, hellblauen Jeans, einem einfachen roten Shirt und darüber eine schwarze Lederjacke. Als sie die Stimme erhob, ahnte Chrissy, dass mit ihr eventuell nicht gut Kirschen essen war.

„Hey, ist sie das?", fragte sie in einem ernsten, fast barschen Ton, ja, es klang etwas flegelhaft.

„Hey, William!" Jeffrey stieg aus dem Auto und nickte.

„Ja, ich denke schon."

„William?", schoss es Chrissy durch den Kopf, als sie, ein wenig unsicher, ebenfalls aus dem Auto stieg.

„Diese Frau hieß wirklich William?"

Vermutlich hatte die andere Frau Chrissys starrende Blicke bemerkt, denn mit einem kühlen Naserümpfen und Schneuzen ohne Taschentuch gaffte jene zurück.

„Was kuckst du so blöd?"

Chrissy wurde im wahrsten Sinne des Wortes überrannt.

„Ich, äh... Sie heißen echt William?"

Sie hatte kaum über ihre Frage nachgedacht, da hatte sie diese schon gestellt. Die gute William wirkte darüber gar nicht erfreut und schien unumgänglich angepisst.

„Meine Eltern hatten gehofft ihr würde ein Junge werden. Hast du damit ein Problem?", hechelte die forsche Lady.

Schnell und eingeschüchtert von der imposanten Frau schüttelte die Liebe den Kopf.

„Gut!", knurrte William, schnappte Chrissy am Arm und zog sie ohne weitere Worte mit sich, während Jeffrey brav deren Koffer holte und den Beiden anständig und zuvorkommend wie ein Gentleman zu einem Aufzug folgte.

Ein kaum hörbares Seufzen verließ seine Lippen und jetzt wusste Chrissy, was er gemeint hatte, als er sagte, dass nur fast alle nett seien.

Es machte den Anschein, als wäre man in der Werkstatt der freakigsten Autonarren der gesamten Vereinigten Staaten von Amerika gelandet. Noch dazu stammte Chrissy aus einer ganz anderen Richtung, nämlich von der „gebildeten" Ostküste und noch dazu aus einer biederen Kleinstadt. Das konnte wirklich noch lustig werden hier an der Westküste mit den feiernden Partyleuten und Machos samt Stars, Sternchen und Möchtegern-Reichen an den angesagtesten Stränden und Bars dieses Planeten.

Kapitel 2

(K)ein Appartement wie jedes andere

Bojan, besagter Oberboss stand gechillt an einer Küchenzeile, in der Hand ein Glas Rotwein. Als sich die Tür öffnete und die drei Personen eintraten, drehte er sich neugierig um.

Der tollkühne Jeffrey betrat als erstes den Raum und Bojan wollte ihn gerade fragen, ob er seinen Auftrag erfüllt hatte, da erblickte er die junge Frau neben William bereits. Christiane war recht groß für ein Mädchen ihres Alters.

Ihre schwarzen Haare hatte sie zu einem einfachen Zopf gebunden und ihr Kleidungsstil war, wie in ihrer ländlichen Gegend üblich ebenso schlicht. Ihr Auftreten glich förmlich einer grauen Maus, mit der simplen Bluejeans, der beigefarbenen Strickjacke über einem schwarzen Top und den trist dunklen, ausgelatschten Turnschuhen. Ein Umstyling würde ihr sicherlich gut tun, zumindest in coolen Branchen wie dieser hier.

„Da ist sie ja", bemerkte er ebenfalls, jedoch zufrieden und stellte das Gläschen wahrscheinlich nicht billigen Wein auf die Theke.

„Die ist ja richtig nice!"

Während dieser Feststellungen stiegen die drei gerade die Treppen herunter und der Chef vom Dienst ging sofort forsch auf die junge Frau zu.

„Morning!", bekundete er sich in der hier üblichen Freundlichkeit.

„Hallo", grüßte Chrissy ebenso gut erzogen zurück, kam aber nicht drum herum nicht doch ihren Blick ein wenig durch das Apartment schweifen zu lassen.

Es war durchaus geschmackvoll eingerichtet. Die Wand am Eingang war in einem knalligen Orange gehalten, während die Restlichen in einem reinen Weiß überzogen waren. Auf der rechten Seite hinter einer Trennwand befand sich eine kleine Sitzecke mit drei eleganten Sesseln in Dunkelrot, weiß und schwarz, weiterhin einem Tisch, neben dem ein großes Bücherregal in die Wand integriert schien, mit vielerlei Dingen darin. Erst beim zweiten Mal Hinsehen, erkannte Chrissy eine schicke Bong für geschmeidigen, jedoch verbotenen Rauch auf dem kleinen Tisch stehen und fragte sich nun, wo sie hier nur gelandet war. Ihre Eltern am anderen Ende der Staaten würden buchstäblich durchdrehen, wenn sie das wüssten.

Im hinteren Bereich des Apartments stand ein großes Sofa, auf dem sicher viele Leute Platz nehmen konnten und ein beachtlicher Flachbildfernseher, getrennt wurde dieser Teil mit einer Theke, auf der sich etliche alkoholischen Getränke befanden. Hinter der modernen und luxuriösen Wohnzimmereinrichtung erstreckte sich eine lange Fensterwand mit einem grandiosen Ausblick in die Palmen vor dem Haus.

Auf der linken Seite lag die offene Küche, die ebenfalls mit einer Theke vom restlichen Wohnraum abgetrennt wurde. Sie war wie alles in diesem Apartment durchdacht platziert und modern eingerichtet. Der Esstisch am Ende des Raumes war groß und auch dort fanden sicherlich mehr als genug Personen ihre gemeinsame Gemütlichkeit zum Gruppenabhängen.

Alles in allem war das die schönste Wohnung, die Chrissy in ihren jungen Jahren je zu Gesicht bekommen hatte.

„Hallo?"

Sie schreckte auf. Der taffe Bojan stand ihr noch immer gegenüber, und blickte sie eindringlich an.

„Chrissy?"

„Peanutbutter?"

Mit einem ärgerlichen Blick sah sie zu Jeffrey hinüber, der es tatsächlich wagte, ihr einen Spitznamen zu geben. Daraufhin lächelte er Chrissy allerdings nur spitzbübisch an.

„Da ist sie ja wieder", sagte er.

„Ich..."

Chrissy steuerte ihren Blick, nun plötzlich unwohl, von einem zum anderen der Kerle. Dass ihr so etwas auch gerade jetzt passieren musste.

„Ich müsste mal dringend auf die Toilette", versuchte sie sich irgendwie, Zeit zu verschaffen.

Jeffrey und Bojan konnten nunmehr nicht anders und prusteten vor Lachen los, lediglich die ernste William wirkte kaum belustigt. Genervt verdrehte sie ihre Augen und verschränkte die Arme vor ihrer Brust.

„Ist das dein Ernst?", murmelte sie kaum hörbar, dann etwas lauter.

„Komm mit!", befahl sie mit derselben unverschämter Art wie zuvor in der Garage.

„Danach reden wir aber endlich über's Geschäftliche", hörte Chrissy Bojan noch sagen, dann folgte sie William die Treppe hinunter. Anscheinend befand sich dort nicht nur die Toilette, sondern auch direkt das Schlafzimmer.

Auch das Schlafgemach wirkte offen, groß und modern, wie sollte es bei diesem stilvollen Apartment auch anders sein?

Ein großzügiges Doppelbett stand im Raum, daneben ein weiterer langer Schrank aus Mahagoni. Auch dieses Zimmer war wie das gesamte Apartment mit einer ausgiebigen Glasfassade bestückt, durch die man perfekt auf die Straßen und kleineren Häuser in der Umgebung schauen konnte.

„Hier ist das Bad", bestätigte William wie ein Offizier und blieb vor einer Tür stehen, direkt gegenüber von einem...

„Moment!"

Chrissy hielt den Atem an.

„War das etwa ein begehbarer Kleiderschrank?", begann sie innerlich zu Schwärmen.

Total fasziniert von ihrer Entdeckung vergaß sie völlig ihr Bedürfnis. Sie musste zugeben, dass sie sich so etwas schon immer gewünscht hatte.

„Wird's bald?", grummelte William sichtlich ungeduldig.

„Oh!"

Schnell drehte sich die Schwarzhaarige um und griff hastig nach der Türklinke, als diese sich plötzlich öffnete und dann ein halbnackter Mann pfeifend und so, als ob es das normalste der Welt wäre, aus dem Badezimmer marschierte.

Chrissy erstarrte. Der Kerl, der da vor ihr vorbeischritt, trug nur eine Sonnenbrille, eine Cap und eine Short mit peinlichem Leopardenmuster, dazu einfache Turnschuhe.

Sie lief versehentlich und plump gegen ihn und vor Schreck machte Chrissy einen großen Schritt zurück, so dass sie dabei über ihre eigenen Füße stolperte.

Sofort griff sie nach dem erst besten, was sie zwischen die Finger bekam und riss den halbnackten Kerl gleich mit sich hinunter, der auf so etwas natürlich nicht gefasst war.

Ein dumpfer Knall ertönte, als die zwei Personen den Boden erreichten und beide gaben ein perplexes „Uff!" von sich, mehr kam zuweilen noch nicht heraus.

Chrissy, die nun ihre Augen vor Schreck erstarrt zugekniffen hatte, öffnete diese nun langsam wieder. Sie schaute in ein braunes Augenpaar, das niemand anderem gehören konnte als dem Kerl aus dem Bad, jenem verdammt unverschämten Typ aus der Wanne am helllichten Tag in einer augenscheinlichen Chaos-WG der kompletten Freaks mitsamt der dazugehörigen Show.

Er lag groß und breit auf Chrissy, hatte sich jedoch schon mit den Armen auf den Boden abgestützt und starrte ihr nun, nachdem sie kurz Blickkontakt hatten, in den Ausschnitt.

Ein süffisantes Grinsen zierte seine Lippen.

„Da hatte es aber jemand eilig flachgelegt zu werden!"

Chrissy war baff. Noch nie war ihr ein Mensch über den Weg gelaufen, der diese Dreistigkeit besaß. Jedenfalls bis zum jetzigen Zeitpunkt.

„Halt dich zurück Aki, das ist die Neue und keine Prostituierte."

Der Dunkelhaarige blinzelte und fand den Weg zurück zu den Augen der am Bodenliegenden. Gleich darauf sprang er wie von der Tarantel gestochen auf und hielt ihr die Hand hin.

„Scheiße!"

Er lachte nervös.

„Es tut mir echt leid."

Sein netter Akzent, den Chrissy noch nicht zuordnen konnte, minderte ihre Empörung keineswegs.

Dachte er etwa wirklich, sie wäre eine...? Chrissy schaute ihn fassungslos an, ehe sie sich erhob. Dessen ausgestreckte Hand ignorierte sie geflissentlich.

Gekonnt überspielte er seine kleine Niederlage mit einem Grinsen und hob das Cap vom Boden auf, ehe er ihr die Tür zum Bad aufhielt.

William stand, mit verschränkten Armen, da und trieb sie an, sich jetzt langsam mal zu beeilen.

Chrissy folgte dieser Aufforderung nun endlich und verschwand hinter der Tür.

Kapitel 3

Die Crew

Alle hatten sie sich am großen Esstisch versammelt, auch Gesichter, die Chrissy noch nicht kannte. Ihr gegenüber hatte ein ruhiger rothaariger Brillenträger platz genommen, der ihr als Tixer vorgestellt wurde. Bojan hatte ihr erzählt, dass er stumm sei und daher, neben Mr. Engl, einem streng drein blickenden Mann, der eigentlich erträglichste des Trupps wäre.

Neben Tixer saß ein braunhaariges Mädchen, die kleine Papierkügelchen formte und diese in die Richtung eines anderen Jungen schnippte, der das mit ärgerlicher Miene zuließ. Die beiden waren, so wie Chrissy das verstand, Tix und Tristler. Neben Jeffrey saß eine Blondine mit einem sehr skurrilen

Make-up, es erinnerte irgendwie an die Gesichtsbemalung einer Geisha, sie hatte wie William die Arme vor der Brust verschränkt und lachte über einen Witz den Jeffrey soeben gemacht hatte. Ihren Namen jedoch kannte Chrissy noch nicht, ebenso wenig wie jenen des Kerl mit der lila Weste, von dem ein starker Geruch nach Gras ausging. Er machte auch einen sehr ruhigen Eindruck, um nicht zu sagen er wirkte völlig stoned. Unwillkürlich kam Chrissy das Bild der Bong in den Sinn, die auf dem kleinen Tisch stand. Die war wohl nicht nur Deko.

„Das ist Chris, unser Hauseigener Arzt und Dealer, er besorgt dir, was auch immer du haben willst."

Aki hatte sich neben ihr nieder gelassen und sich nah zu ihr herüber gelehnt. Genervt stellte Chrissy fest, dass er noch immer nur seine Boxershorts trug und rückte ein Stück von ihm ab, nun aber saß sie direkt neben William, die sie nur bedrohlich beobachtete.

Als Bojan jedoch begann zu sprechen, versuchte Chrissy, ihre Beobachter zu ignorieren.

„Ihr habt ja vermutlich jetzt alle mitbekommen, dass wir einen Neuzugang haben."

Er zeigte auf die Schwarzhaarige, die nun, wo alle Blicke auf ihr lagen, am liebsten im Boden versunken wäre.

„Das ist Chrissy Peanutbutter. Ihr Onkel leitet die Firma, die uns in unserem Tun unterstützt. Chrissy ist nun hier um ihrem Onkel Bericht zu erstatten und zu bestätigen, dass wir unsere Jobs auch gewissenhaft ausführen."

„Soll das ein Witz sein?", unterbrach William, das Girl mit dem Männernamen ihren Boss.

„Wenn ihr Onkel wissen möchte ob wir unsere Arbeit gut machen, dann soll er seine Leute schicken! Wir sind doch kein Kindergarten, der auf ein unerfahrenes Gör aufpasst!"

Chrissy machte sich klein. Williams Worte schüchterten sie ein und zeigten ihr, dass man sie hier nicht unbedingt wollte. Hätte sie gewusst, dass ihr Onkel sie nur dafür nach Los Senderos geschickt hatte, dann würde sie versucht haben, sich vor dieser Aufgabe zu drücken. Vermutlich hatte er das aber geahnt und ihr deswegen die bittere Wahrheit verschwiegen.

„Jetzt sei mal nicht so", mischte sich auch Chris ein.

„Sie wird schon keine Probleme machen, sie ist schließlich wenigstens meine Namensvetterin."

Bojan nickte zustimmend und sah zu der jungen Frau.

„Ist doch so Chrissy?"

Sie schreckte auf.

„Was? Ja! Ich meine, nein!"

„Dann ist doch alles easy. Morgen schicke ich sie erstmal mit zwei von euch los, damit sie sich neu einkleiden kann. So wie sie jetzt rumläuft geht für Leute wie uns gar nicht."

Die Schwarzhaarige runzelte die Stirn. Was war denn mit ihrem Kleidungsstil nicht ok?

Bojan sah in die Gesichter seiner Leute.

„Irgendwelche Freiwilligen, die mit ihr einkaufen gehen?"

Tix wedelte mit beiden Händen in der Luft, doch Bojan schien sie zu ignorieren.

„Jeffrey?"

„Alles klar, gerne."

Chrissy sah neben sich ebenfalls eine Hand in die Höhe schießen.

„Ich werde auch mit gehen."

Sie konnte sich ein frustriertes Stöhnen gerade so unterdrücken. Alles, nur nicht dieser Boxershorts-Trottel, s´il vous plait!

„Mega, das ging ja fix! Dann seit ihr für heute entlassen. Genießt euren morgigen freien Tag."

„Hah!", lachte William auf die dezent coole Art.

„Außer Jeffrey und Aki werden wir den wohl alle haben."

Der Tisch leerte sich in Windeseile und es schien so als hätte es jeder eilig, dass Apartment zu verlassen. Nur Bojan, die flotte Willi und Aki blieben mit der Ärmsten zurück.

„Chrissy du fährst mit William. Du wirst mit ihr, Tix und Domi eine

Wohnung teilen", wies Bojan das Mädchen noch an, ehe er aufstand.

„Oh, ich dachte ich würde hier wohnen?", fragte sie panisch.

Mit William mehr als eine Stunde im selben Raum zu verbringen war schon unangenehm, aber jetzt noch in der gleichen Wohnung leben? Das konnte doch nicht gut gehen. Mit den anderen würde sie vielleicht auskommen.

Aki meldete sich mit einem Lachen und lehnte sich auf seinem Stuhl zurück, sein Arm ruhte auf ihrer Rückenlehne.

„Gefällt dir mein Apartment etwa so gut? Du kannst gerne hier bleiben."

Chrissy sah sich um. Sie dachte, es würde Bojan gehören. Jetzt gefiel ihr die luxuriöse Bude natürlich ganz und gar nicht mehr so gut!

Schnell erhob auch sie sich.

„Nein."

„Hast du Angst ich überfalle dich in der Nacht? Denkst du nur weil William eine Frau ist, könnte sie das nicht auch? Oder Domi? Oder Tix?"

Chrissy blieb die Luft weg, an ihrer Stelle war es William, die darauf antwortete. Doch nicht mit Worten.

Die Dunkelblonde zog eine Pistole hervor und richtete sie zwischen seine Beine.

„Wie war das?"

Wie paralysiert stand Chrissy da, fuhr sich verunsichert in die engen Hosentaschen, unfähig etwas zu unternehmen. Weder Bojan noch Aki nahmen die Sache wirklich ernst. Aki grinste sogar auch noch frech.

Erleichtert atmete Chrissy dann erst aus, als William die Pistole in ihren Hosenbund steckte und sich umdrehte.

„Komm jetzt", befahl er im tiefsten Ghettoslang mit der entsprechenden Betonung.

Bevor noch etwas Schlimmes passierte, nahm Chrissy ihren Koffer und folgte William aus dem Apartment, in den Aufzug und zurück in die Garage, wo sich nur noch vier Fahrzeuge befanden. Unter ihnen ein grün-weißer PKW von Declasse, in den William stieg. Chrissy setzte sich zu ihr in den Wagen, was die Ältere mit Argusaugen verfolgte. Als die verdutzte, aber immer noch unheimlich süße Peanutbutter ihren Koffer hinter ihren Beinen verstaut und sich das Garagentor langsam geöffnet hatte, fuhr

William mit megacoolem Proletenblick wie ein Kerl los.

Die Fahrt erwies sich als kurz, gerade mal fünf Minuten hatten sie gebraucht, um zur WG zu kommen. William hatte ihr nebenbei erklärt, dass sich alle Wohnungen in der Nähe befanden, um sich so schneller zu wichtigen Crew-Treffen einzufinden. Als Chrissy fragte, warum man nicht gleich im selben Haus wohnte, verdrehte die Dunkelblonde nur die Augen und schnalzte mit der Zunge.

Chrissy glaubte auch ein „Unwissende", gehört und vernommen zu haben. Was genau die schroffe William jedoch damit gemeint hatte, gab sich der Kleinen natürlich nicht preis. Es hatte aber vielleicht auch etwas mit der Sicherheit der Mitglieder, so genannter Team Members zu tun.

Kapitel 4

Er ist ein Guter

Die erste Nacht bei diesen Chaoten war dann letztendlich auch einigermaßen gut überstanden.

Es stellte sich heraus, dass William eigentlich eine ganz harmlose Person sein konnte, wenn man sie in Ruhe ließ. Bei Tix sah die Sache dagegen schon etwas anders aus.

Gleich nachdem sie das Apartment betreten hatten, sprang ihnen wie aus dem Nichts die quirlige Braunhaarige entgegen und forderte, dass Chrissy mit in ihrem Zimmer schlief.

„Eine Pyjama-Party!", rief sie fröhlich aus, einem kompletten Kindskopf gleichend, und zog unsere erneut völlig perplexe Freundin, das Landei von der Ostküste mit sich. William hatte das ganze jedoch in weniger als zehn Sekunden dann unterbunden und erklärte Chrissy und auch Tix deutlich, dass „die süße Maus" im Gästezimmer schlafen würde, woraufhin die Jüngere geknickt in einem der übrigen Zimmer verschwand. Man fühlte sich förmlich wie in einem kleinen Puff irgendwo in der Provinz von Ohio, wo noch Strohballen an den gottverlassenen Baracken vorbeiwehen und schief hängende, fast kaputte Leuchtreklame von der Fassade hängt. Die USA in Form von Hollywoodproduzenten von den 60ern bis in die heutige Zeit haben schließlich genügend Filme mit entsprechendem Feeling durch Bildmaterial in alle Welt geliefert.

Daraufhin zeigte William Chrissy endlich, höflich formuliert, das Gästezimmer und erklärte ihr noch, wo sich das Bad befand, ehe sie sich wortkarg wie meistens verabschiedete und ihren Weg in ihr eigenes

Schlafgemach antrat. Vermutlich weilte sie in einem Wasserbett mit einer kleinen Minibar voller niedlicher Bourbonfläschchen und Prosecco, malte sich die Süße aus.

Die Schwarzhaarige war jedoch so erledigt von dem Flug und den ersten, verwirrenden Eindrücken, dass sie sich einfach kurzerhand auf das Gästebett schmiss und innerhalb weniger Minuten einschlief.

Am darauf folgenden Tag, die kalifornische Morgensonne hatte die junge Frau förmlich wach geküsst, schien die Wohnung leer. Weder Domi, noch Tix oder William waren zu finden. Diese Gelegenheit nutzte Chrissy mutig und gezielt, um sich die WG einmal genauer an zu sehen.

Sie war nicht so glamourös wie das Apartment von Aki, doch es erwies sich trotzdem als eine der schönsten Wohnungen, die Chrissy je zu Gesicht bekommen hatte.

Die Küche war zwar klein im Vergleich zu Akis, doch wirkte sie auch, um einiges gemütlicher mit dem winzigen Esstisch, an dem höchstens vier Personen Platz finden konnten. Im Waschbecken befand sich ein kleiner Stapel an nostalgischem Geschirr wie aus Zeiten des amerikanischen Bürgerkriegs vor 1900 und als Chrissy den Putzplan entdeckte, wusste sie genau, dass es Domi war, die vermutlich nicht die Zeit zum Abwaschen all der schmutzigen Kaffeetassen und Biergläser fand.

Auch die Räume schienen im Vergleich zu dem anderen Apartment recht klein, doch jedes war individuell und nach dem Typ gerecht eingerichtet. So war Tix´ Zimmer ein Paradies für Kleinkinder und vermutlich ihn selbst, zumindest vom ersten Eindruck her. Als Chrissy nämlich über einen kleinen, bunten Kleiderhaufen stolperte, landete sie weniger geschmeidig auf dem Boden mit direkter Aussicht unter Tix´ Bett, wo sie eine feine und wohl organisierte Waffenansammlung entdeckte.

Auch bei Domi fand sie ein kleines Waffenarsenal wie das von ehrenhaften Wählern der Republikaner in der tiefsten weissen Provinz in Colorado, ordentlich in einer großen Kiste verstaut, mit der Aufschrift „Lustspielzeug", daneben ein Herzchen wie in Internetsprache aufgemalt. Warum Chrissy in jenes rein gesehen hatte, würde vermutlich immer ein Geheimnis bleiben.

In Williams Zimmer wagte sie sich jedoch nicht und suchte sich in der Küche erst einmal etwas zum Essen, denn ihr Magen knurrte lauter, als die vielen Gedanken, die seit der Ankunft bei den „zärtlichen Chaoten" durch ihren hübschen Kopf wanderten.

Kurz vor Mittag klingelte es dann an der Tür und Chrissy, die bereits ahnte, dass es nur Jeffrey und der Perverse seien, öffnete ohne weiteres die Tür, um die beiden in Empfang zu nehmen.

Doch, statt in zwei Gesichter zu blicken, schaute die Schwarzhaarige nun jedoch in den Lauf einer Knarre.

„Bang!", kam es nur von der Person hinter der Waffe.

„Wäre ich einer der bösen Jungs, dann wärst du jetzt mausetot", prahlte da wer wie ein Idiot vom Dienst.

Mit einem ernsten Gesichtsausdruck nahm Aki die Pistole runter und trat in die Wohnung ein, kurz hinter ihm Jeffrey. Chrissy stand selbst nach einigen Sekunden noch regungslos am gleichen Fleck, konnte sich von dem großen Schock jedoch doch noch erholen und schloss die Tür. Mit wütender Miene sah sie zu dem Braunhaarigen.

„Bist du bescheuert? Was sollte das?", knurrte sie völlig fassungslos fragend.

Aki sah sie unbeeindruckt an, hatte nun sogar ein leichtes Grinsen auf den Lippen.

„Ein kleiner Tipp, sei auf alles gefasst. Unser Job ist gefährlich und so einfach, wie du dich hättest töten lassen, bist du uns keine große Hilfe."

„Ich will gar nicht so sein wie ihr! Ihr-ihr-... Ihr seid doch völlig bescheuert!", stotterte die Ostküsten-Studierte, vom Niveau buchstäblich eine Meile den Chaoten voraus, sicherlich auch weitaus gebildeter, obwohl nicht aus einer Wolkenkratzermetropole stammend.

Chrissy gestikulierte aber daraufhin wild in der Gegend herum. Anscheinend kam sie nicht darüber hinweg, dass man sie eben zum ersten Mal in ihrem Leben mit einer gottverdammten Waffe bedroht hatte. Die schäbige Knarre glich ebenfalls wie dem Drehort einer schlechten Soap entwendet.

„Hey...", meldete Jeffrey sich beleidigt zu Wort, dem es nicht zu gefallen schien, wenn man ihn oder seine Kameraden als bescheuert bezeichnete, mag das auch auf den ein oder anderen zutreffen.

„Entschuldige Jeffrey", ruderte Chrissy Peanutbutter daher zurück.

„Ich meinte nicht dich.", fügte sie etwas höflicher an.

Sofort hob sich dessen Laune wieder.

„Schon ok, Sweetheart."

„Aber mich, hm? Auch schön! Zumindest lass ich mich nicht beim Türöffnen killen."

„Ich mich auch nicht!", fauchte Chrissy schlagfertig zurück.

„Weil ich gnädig bin!", entgegnete Aki erbarmungsvoll.

„Du hattest Glück, das passiert nicht nochmal!"

„Werden wir sehen", konterte er locker zurück und wirkte auf einmal sogar ein bisschen sympathisch.

Unserer Freundin gefiel aber ganz und gar nicht, mit welcher ihrer Ansicht nach unglaublichen Arroganz er das sagte.

„Ja, werden wir!"

„Ja, schön..."

„Yes, Sir, Yes!"

„Können wir dann gehen?", fragte Jeffrey unschuldig und Schultern zuckend in die Runde, um das Ganze bewusst in eine ruhigere Szene zu versetzen.

Chrissy nickte einsichtig, sah dann aber zu dem „Akinator" und musste feststellen, dass er auch heute kein Shirt trug, zumindest aber eine Jeans.

„Du willst doch nicht etwa so in die Innenstadt?"

Der Braunhaarige sah erst an sich herab und dann mit einem breiten Grinsen zurück zu der jungen Frau. „Na klar! Oder denkst du ich bin zu sexy?"

„Fick dich."

Chrissy nahm den gleichen Slang an und fand plötzlich anscheinend sogar Gefallen an dieser Art Umgang miteinander.

Jeffrey sah schon die große Katastrophe sich anbahnen.

„Oh je! Komm Chrissy!", nahm er die Lady an seine Seite.

Langsam schob er sie weg von Aki, raus in den Hausflur zum Aufzug. Als er mit ihr alleine im Lift stand, hörte er Aki von draußen lachen und, zum Glück, schloss sich die Fahrstuhltür gerade dann, als Chrissy zu ihm zurück stürmen wollte, um ihrer Wut Ausdruck zu verleihen.

Jeffrey hatte kein Zweifel daran, dass sie das drauf hatte. Er sah Frauen schon Dinge machen sehen, die sich normale Leute gar nicht vorstellen konnten und damit meinte er bei Gott nichtschöne Dinge.

Draußen angekommen lief er sofort zu Clarice und öffnete charmant für Chrissy die Beifahrerseite. Aki schwang sich auf sein Motorrad und fuhr ihnen hinterher, da schien auch besser so, wenn er sich vorstellte, dass eine Unterhaltung zwischen Chrissy und Aki sofort in einen Kleinkrieg ausbrechen konnte.

Nachher hätte einer von beiden den anderen bei voller Fahrt aus dem Auto geworfen. Wenn nicht sogar er selbst, um eine gewisse Ruhe zu haben.

Kurz kicherte er spitzbübisch, bei diesem absurden Gedanken. Er war nie jemand gewesen, der seinen Freunden Leid zufügen würde. Ein bisschen Elternhaus ließ er sich jedenfalls anmerken. Die Fahrt dauerte gar nicht so lange, wie Chrissy es erwartet hatte.

Los Senderos war zwar eine sehr große und bunte Stadt, doch durch den Supersportwagen den Jeffrey da fuhr, kamen sie in Null-Komma-Nichts durch den rasanten Fahrstil an ihrem Ziel an. Vielleicht lag es auch nur daran, dass der Weg zu dem Geschäft auch nicht lange war und sie hätten auch zu Fuß gehen können.

Es war ein kleines Geschäft inmitten von vielen verschiedenen, in einer sehr luxuriösen Gegend der Stadt, einem augenscheinlichen Reichenviertel mit der ein oder anderen Villa mit gepflegtem Vorgarten. Als sie den Laden betraten, da begrüßte sie eine ältere Frau mit kurzen Haaren.

„Darf ich ihnen behilflich sein?", eröffnete jene das Gespräch.

„Guten Tag! Ja, meine Begleitung hier benötigt dringend neue Kleidung", erwiderte Jeffrey ehe Chrissy antworten konnte und zeigte auf sie, eher gesagt auf ihr einfaches graues Shirt, was sie sich am Morgen angezogen hatte.

Die Verkäuferin rümpfte missbilligend die Nase. Chrissy war auch so schon sofort klar gewesen, dass sie hier, in dem Look, nicht besonders erwünscht schien und jetzt wollte sie erst recht wieder weg. Sie fühlte sich mehr als dämlich in diesen Augenblicken.

Aki machte dazu die Sache nicht besser. Er war schon eher im Laden gewesen und kam nun mit mehreren Teilen zu ihnen geschlendert. Sein breites Grinsen forderte Chrissy nahezu heraus, aggressiv zu werden.

„Wie wäre das hier?", begann er ruhig und gelassen, ihr Normalität zu vermitteln.

Er zeigte ihr ein schwarzes Kleid, das ihr, nach dem ersten Anschein, nicht einmal richtig über den Hintern reichen würde, so kurz wie es geschnitten war. Noch bevor Chrissy einen Fluch in seine Richtung schleudern konnte, stellte er ihr ein weiteres Teil vor die Nase. Die Schwarzhaarige glaubte es zunächst kaum, aber das Kleid war noch knapper abgemessen als jenes zuvor.

„Wir schauen uns um", sagte Jeffrey in diesem Moment und führte sie in die Damenabteilung, in die ihnen auch der ganz tolle Akinator folgte.

„Und wie ist es? Das sieht doch sexy aus", schwärmte er für die Kleider, während Jeffrey das ganze schon realistischer sah.

„Sie braucht etwas alltagstaugliches Aki", versuchte er, dem Halbnackten zu erklären, doch der war schon bei seiner nächsten Entdeckung angekommen.

„Und das?"

Jeffrey seufzte gelangweilt. Aki hielt eine kurze Hose hoch, die es schon nicht mehr verdiente, überhaupt als solche bezeichnet zu werden. Es war mehr ein

Höschen, mit dem man sich am besten auf dem berüchtigten Springbreak in den Staaten blicken lässt.

„Da kann ich ja gleich eine Unterhose tragen", empörte sich Chrissy so laut, dass die Verkäuferin mit einem genervten Blick in ihre Richtung wahrnahm.

„Geile Idee!"

„Aki..."

„Was?"

„Lass es!"

Kein weiterer Kommentar von dem Braunhaarigen sollte nun folgen, wünschenswerter Weise. Er wandte sich dann einfach ab und suchte erneut nach Kleidungsstücken.

Der Dunkelhäutige derweil bot Chrissy an, sich selbst etwas auszusuchen, und das widerum nahm die süße Peanutbutter gerne an. Gut eine halbe Stunde brauchte jene, bis sie mehrere Hosen und Oberteile gefunden hatte, die auch für sie annehmbar waren. Von zu teuren Dingen ließ sie die Finger, was die Sache umso schwerer gemacht hatte. Jeder Partner einer kessen Frau kennt dieses Prozedere.

Doch langweilig gestaltete sich das Shoppen definitiv nicht. Jeffrey war zu ihr gekommen, vor der Hüfte einen String haltend.

„Chrissy, schau mal, ich bin eine Blackbeauty!", jubelte er kindisch mit einer übertriebenen schwulen Stimme, mit der er sie aber sofort zum Lachen gebracht hatte.

Mit Aki gab es zum Glück auch keine Probleme mehr, der nahm Chrissy am Ende die Sachen sogar ab und bezahlte, während sie mit Jeffrey das Geschäft verließ, um sich auf den Weg zum Friseur zu machen. Nach dem Shoppen noch die Haare zurechtrücken lassen, was kann sich eine junge und attraktive Frau denn mehr wünschen?

Unterwegs trafen sie auf einen hilflos wirkenden kleinen Buben, der sich scheinbar verwirrt in alle Richtungen umsah.

„Hey, suchst du jemanden?", sprach Jeffrey ihn ohne zu zögern an. Er stellte sich direkt als ein wirklich hilfsbereiter Mensch heraus.

„M-m-meine Mama...", stotterte der Kleine schüchtern und senkte den Kopf.

„Sie hat gesagt ich soll warten, aber ich bin vor gerannt..."

„Oh, das ist aber nicht gut. Was machen wir denn da? Wo war denn deine Mama zuletzt?"

Das Ganze klang unheimlich süß.

Der kleine Junge zeigte erwidernd die Straße hinab in Richtung Downtown.

„Da hinten."

„Hmm, ok. Dann gehen wir sie mal suchen", schlug Jeffrey vor.

Doch das war nicht nötig. Eine Frau rannte mit gehetzten Blick auf die drei zu und ein freudiger Ausruf kam von dem Jungen in der Folge.

„Mama!", rief er erleichtert aus.

Er rannte auf sie zu und umarmte sie heftig. Seine Mutter redete besorgt auf ihn ein und gab ihm einen dicken Schmatzer auf den Mund, bemerkte dann aber die zwei Fremden. Als sie in das Gesicht des Schwarzen blickte, verdunkelte sich ihre Miene.

„Was denken sie sich eigentlich?", lederte sie los.

„Er hat nach ihnen gesucht, ich wollte nur helfen", erklärte ihr Jeffrey.

„Denken sie ich sei dumm? Entführen wollten sie ihn!", beschuldigte sie ihn forsch.

„Entschuldigen sie mal, er sagt die Wahrheit!", mischte sich auch Chrissy ein, die nicht glauben konnte, dass es in dieser Gegend von Los Senderos tatsächlich Rassisten gab.

„Ach erzählen sie doch nichts. Passen sie bloß auf, dass er ihnen nichts tut! Also ehrlich, solche Menschen sollten doch eingesperrt werden! Kinderschänder!"

Empört blickte Chrissy daraufhin diese Frau an. Jeffrey rang auch sichtlich um Fassung.

„Komm Bobby, wir gehen!"

Harsch zog die Aufgebrachte ihren Sohn weg von den zwei Fremden.

„Das ist doch echt nicht zu fassen!", entkam es unserer Lady.

„Schon ok, Chrissy", beruhigte Jeffrey sie und rief lächelnd etwas in die Richtung des Jungen.

„Bobby, wenn du deine Mami demnächst auf den Mund küsst, denk dran: Sie hatte den Penis deines Vaters oder anderer Männer schon mal im Mund!"

Die Mutter kreischte auf.

„Sie Perverser! Verschwinden sie, oder ich rufe die Polizei!"

Jeffrey lachte herzlich, laut und lang, selbst dann noch, als sie weiter gegangen waren. Nach mehreren Metern hörte er jedoch auf und wirkte irgendwie geknickt.

„Das ist echt böse", murmelte er in sich hinein.

„Mir war nicht klar, dass Rassismus in LS noch eine so große Rolle spielt.", gestand Chrissy.

„Das ist überall so", erwiderte er und seufzte.

„Aber ich steh drüber. Ich bin ein guter Nigga!"

Chrissy wusste nicht, was daran so lustig war, aber sie musste dennoch lächeln und bewunderte ihn auf gewisse Art.

Nicht recht viel später, während Chrissy sich mit dem Friseur unterhielt, welcher Haarschnitt denn zu ihr passen würde, stieß auch Aki wieder dazu.

„Was ist denn los mit dir Jeffrey?", grüßte er den Schwarzen, der sich auf einer gemütlichen Couch in der Ecke niedergelassen hatte und geduldig auf die Neue wartete.

„Gegenfrage: Was ist denn los mit dir, mein Freund?"

Aki warf ihm die Autoschlüssel entgegen.

„Die Klamotten sind verstaut", behauptete er.

Nach einem zufriedenen Nicken seitens Jeffrey lief der Akinator hinüber zu Chrissy und sah dem Friseur zu, wie er begann das gewaschene Haar Stück für Stück zu kürzen.

„Und was soll es werden?", fragte er neugierig.

„Ein kurzer Bob", antwortete Chrissy nach ein wenig Bedenkzeit. Zuerst wollte sie etwas Patziges entgegnen, doch sie ließ es bleiben und benahm sich ebenfalls.

„Ja, sie wird wunderschön damit aussehen! Du hast so eine schöne Haut, Liebes! Die Frisur wird deine zarten Gesichtszüge umrahmen!", schwärmte der ebenso farbige Haarstylist.

Aki schien zu zweifeln.

„Ich finde ihre Gesichtszüge ziemlich hart. Irgendwie männlich."

„Oooh! Hör nicht auf ihn, Süße! Du siehst fabelhaft aus! Manche Männer haben einfach überhaupt keine Ahnung!"

„Ääh..."

Chrissy verzweifelte bei diesem Friseur beinahe. Sie wusste, dass er schwul war, doch noch nie hatte ihr ein Mann jemals solche Komplimente gemacht.

Aki zuckte die Achseln.

„Wie auch immer", schluderte er darauf herum.

Eine weitere halbe Stunde dauerte es, bis der Friseur ihr die Haare fertig geschnitten und sie noch dezent geschminkt hatte. Zufrieden betrachteten er und Jeffrey das Gesamtwerk, während Aki seine Aufmerksamkeit auf eine hübsche Brünette gerichtet hatte und mit jener zu flirten schien. Chrissy störte das irgendwie und fand es einfach nur unhöflich von ihm, so etwas in ihrer Gegenwart zu tun, doch dann rief sie sich ins Gedächtnis, dass es ihr schlichtweg egal sein sollte. Sie konnte den Akinator ohnehin nicht ausstehen und die ihrer Meinung nach hässliche Dahergelaufene, mit der er sprach erst recht nicht. Nun, selbst die anständigen Frauen vom Lande sind nicht komplett gefeit von den typisch weiblichen Eifersüchteleien untereinander. Das Problem zieht sich eben rund um den Globus durch alle Hautfarben,

Religionen und Zeitepochen der menschlichen Gesellschaft.

Nachdem Jeffrey freundlicherweise dieses mal die Rechnung übernommen hatte, begaben sie sich zurück auf die Straße, auch der Halbnackte hatte seinen Flirt mittlerweile beendet und erfolgreich die Nummer der kecken Dame aus dem Salon abgestaubt.

„Die rufe ich wohl mal an", murmelte er grinsend und bemerkte den Blick der Schwarzhaarigen.

„Was ist? Eifersüchtig?"

„Auf dieses Flittchen? Pass auf, dass du dir nichts einfängst bei der."

„Aww, du machst dir Sorgen um mich? Wie süß."

„Fick dich."

Er lachte dreckig und ging zu seinem Motorrad.

„Ich muss noch wohin, kann ich euch alleine lassen?"

„Ja, mach dich vom Acker, Alter", forderte Chrissy.

„Kein Problem, Aki", unterbrach Jeffrey schnell das Mädchen, bevor die Sache eskalieren konnte, woraufhin sich der Akinator lachend auf seine gelbblaue Bati schwang und davon fuhr.

„So ein eingebildeter Idiot", knurrte Chrissy.

„So ist halt unser Aki", betonte Jeffrey und lächelte extrem niedlich und drehte sich dann in die Richtung, aus der ihn plötzlich eine andere Person rief.

Es war die blonde Schönheit vom letzten Abend. Donnerwetter!

„Oh... Domi!"

Der Schwarze wirkte aufgeregt.

„Chrissy, ich muss auch kurz mal weg! Bleibst du hier bei Clarice?"

„Ich lauf nicht weg", versprach sie verständnisvoll.

Kaum hatte sie ihre Worte ausgesprochen, rannte Jeffrey auf Domi zu. Chrissy beobachtete, wie sich die zwei unterhielten. Der unheimlich nette Typ schien sich bei ihr zu entschuldigen, denn er wirkte, als würde er um Worte ringen. Sie umarmten sich schier plötzlich. Erst sehr vorsichtig, dann innig und vertraut. Im nächsten Moment wurde aber auf einmal alles schwarz um Chrissy.

Jemand hatte ihr kurzerhand etwas über den Kopf gestülpt, sie gepackt und einfach mitgerissen. Ein greller, kurzer Schrei fuhr ihr über die Lippen, doch eine Hand auf ihren Mund verhinderte, dass sie auch nur einen Laut von sich zu geben vermochte. Sie wehrte sich wie nur möglich, doch gegen die vielen Griffe, konnte sie absolut nichts ausrichten.

Sie landete mit dem Hintern auf einem harten Untergrund. Das Geräusch eines Motors übertönte harsche Stimmen. Türen schlugen zu und das Fahrzeug, in dem sie sich befand setzte sich in Bewegung.

Jemand fesselte sie grob, zog ein Seil um ihre Handgelenke bis es schmerzte.

„Aki?", flüsterte sie hoffend.

„Ich hab es kapiert. Ich bin ein leichtes Opfer."

Doch es war nicht Aki. Eine fremde Stimme sagte etwas in einer anderen, nicht einzuordnenden Sprache und verpasste ihr einen heftigen Schlag auf den Kopf, so dass sie schließlich in Ohnmacht fiel.

Kapitel 5

Die Rettung

Als Chrissy aufwachte schien es fast vollkommen dunkel, nur aus einem kleinen Spalt fiel Licht, welches kaum die Ecke erhellte, in die man sie geschliffen und an einen Stuhl gefesselt hatte.

Die Fesseln an ihren Handgelenken waren so fest geschnürt, dass es ihr schmerzte und auch ihr Kopf dröhnte dermaßen heftig, von dem Schlag den man ihr verpasst hatte. Die kesse Peanutbutter aber kämpfte gegen den Schmerz an, hob ihren Kopf, so gut es ihr möglich war an und versuchte etwas zu erkennen. Es schien sich um einen leeren, verlassenen Keller zu handeln, in dem es nach Schwefel roch.

Chrissys Angst stieg ins Unermessliche, als sich ihre Augen an die Dunkelheit gewöhnten und sie zig Messer und andere Folterinstrumente entdeckte, die sie schon oft genug in Mafia-Filmen gesehen hatte.

Panisch zog sie an ihren Fesseln, versuchte, sie zu lockern, leider ohne Erfolg. Sie strafften sich sogar immer fester und schnitten ihr ins Fleisch. Kaum eine Sekunde später wurde eine Tür aufgerissen und eine dunkle Gestalt kam ihr mürrisch entgegen.

„Du!", polterte eine düstere Stimme los mit einem Akzent und bedrohlichen Unterton, packte den Baseballschläger, der auf einer Werkbank lag und schlug mit voller Wucht gegen den Stuhl, auf dem Chrissy saß, der dann in sich zusammen brach und jene mit sich umriss.

Die junge Frau schrie auf, aus Angst das klotzige Sportgerät als Nächstes ab zu bekommen, doch ein weiterer Schlag blieb glücklicherweise aus.

„Wo ist es?", schrie die Person mit dem Baseballschläger.

„Wo?", erkundigte sich das unbekannte Wesen erneut und wütend aggressiv.

Chrissy rollte sich daraufhin, so gut es ging schützend zusammen.

„Ich weiß nicht was sie meinen", flüsterte sie schluchzend.

Ein weiterer Schlag, landete schließlich direkt neben ihren Kopf.

„Wo zum Teufel ist das Versteck dieser Hurensöhne", rief er oder sie nun wutentbrannt.

„Bitte hören sie auf!", flehte sie.

„Ich weiß es nicht!"

Ein Griff in ihr Haar folgte sogleich, unbarmherzig wurde sie auf die Beine gezogen.

„Lüg mich nicht an, du kleine Nutte! Man hat dich mit ihnen zusammen gesehen!"

Die Schwarzhaarige wimmerte ängstlich.

„Ich habe nichts mit den Leuten zu tun. Bitte."

Hart prallte sie auf dem kalten Stein auf, ihr Kopf schmerzte nun umso mehr und wieder wurde ihr Schwarz vor den Augen. Erneut packte ihr Entführer zu.

„Hör zu Kleine, für dich kann es noch richtig ungemütlich werden, wenn du mir nicht sagst, wo dieses Dreckspack sich zur Zeit aufhält! Sie haben etwas was uns gehört und wir hätten es gerne wieder! Wenn du dich gut anstellst, kannst du noch als Geisel fungieren, wenn nicht endest du als Fickstück, also überleg es dir! Also, ich frage dich noch einmal: Wo hält sich Techscalibur auf?"

Daraufhin machte sich Stille breit in jenem unsäglichen Raum.

„Gut, wenn du nicht redest, bring ich dich halt dazu.", kündigte er nun an.

Kraftvoll verpasste er dessen Geisel eine saftige Ohrfeige und drückte sie zu Boden. Mit einer Hand lockerte er seinen Gürtel und öffnete den Bund der Hose.

„Ich denke solange du reden kannst, wird mein Boss nichts dagegen haben."

„Nein!"

Die junge Frau kämpfte gegen den Griff an, und wehrte sich mit verbundenen Händen und Füßen.

„Nein, bitte! Sie wohnen....."

„Martinez! Was soll das?", schallte es plötzlich in das Zimmer hinein.

Ihr Entführer ließ Chrissy sogleich abrupt los und wandte sich zu der zweiten Gestalt, eine Frau mit langen dunklen Haaren und einer schlanken Figur, die soeben den Raum betreten hatte.

„Lady Phantom!"

Chrissy weinte leise und versuchte aus der Reichweite des Folterers zu kriechen, doch Lady Phantom trat auf die nun am Boden kauernde Schwarzhaarige zu und strich ihr über die Haare.

„Liebes, tut mir leid, wenn mein Handlanger dich verletzt hat...Martinez, verschwinde!", sorgte sie sich sanft, wurde bei dessen Namen jedoch deutlich lauter.

„Ja, Lady Phantom! Es tut mir leid!"

Hastigen Schrittes zog ihr Lakai ab, während sie sich zu Chrissy hinunter kniete und das junge Mädchen näher betrachtete. Langsam strich der Zeigefinger der Frau Chrissys Gesichtskonturen nach.

„Hach, ich wünschte ich wäre von Natur aus auch so schön wie du."

„Bitte lassen sie mich gehen", bat Chrissy die Dame.

„Aber nicht doch. Es wäre ein zu großer Verlust für mich, so jemanden wie dich an die dreckigen Hunde aus Techscalibur zu verlieren."

Ein bösartiges Kichern entfuhr ihr, als sie Chrissys Kopf zurück auf den harten Stein legte und sich erhob.

„Ich bin bald wieder da, Süße, dann kümmere ich mich persönlich um dich", kündigte sie an.

Jeffrey hatte sich währenddessen endlich mit Domi versöhnt und glücklich machte er sich auf den Weg zurück zu Clarice, bei der er Chrissy hatte warten lassen, bevor er Domi ein kleines Stück begleitet hatte, dann weiteten sich seine Augen.

Geschockt beobachtete er, wie mehrere Leute das hilflose Mädchen in einen schwarzen Van zerrten, bevor sie die Schiebetür schlossen und mit tosendem Motorenlärm und etlichen PS unter der Haube davon fuhren. Blitzschnell zog er seine Waffe und versuchte noch die hinteren Reifen zu erwischen, während er zu Clarice eilte. Passanten schrieen laut auf, als mehrere Schüsse fielen, doch das Fahrzeug war bereits zu weit entfernt, um es zielsicher zu treffen. Warum hatte er nun nicht sein Scharfschützengewehr dabei? Hätte er schnell genug gehandelt, wäre er den Fahrer ausgeschaltet worden. Nun blieb ihm nichts anderes als zu versuchen das Fahrzeug zu verfolgen.

Rasend schnell fuhr er los, und wählte noch, während er gefährlich scharf um die Ecke bog Bojans Nummer über sein Smartphone.

„Yo?", meldete der Boss sich lässig in gewohnter Manier.

„Man hat Chrissy entführt! Ich war kurz unachtsam, hab sie aus den Augen gelassen, da hat man sie gepackt und in ein schwarzes Auto gezogen!"

„Was? Wer denn, zum Henker?"

Anführer Bojan klang nun alles andere als ruhig und gelassen.

„Bist du ihnen hoffentlich sofort gefolgt?"

„Ich fahre ungefähr zehn Wagen hinter ihnen, müsste sie gleich einge- Shit!"

Jeffrey riss ruckartig das Lenkrad rum. Vor ihm sorgte eine Granate für eine enorme Explosion, Autoteile flogen durch die Luft, ein Reifen sauste nur knapp an Clarice vorbei und traf die Frontscheibe eines Kompaktwagens hinter ihm. Jeffrey wurde dazu gezwungen die Unfallstelle zu umfahren, doch als er dann wieder die Übersicht gewann, war der Van bereits weg und mit ihm die liebe Chrissy.

„Jeffrey? Jeffrey! Scheiße, was ist los, Mann? Was ist passiert?"

Bojans Stimme tobte, als jener gerade das Handy aufhob.

„Sie sind weg", sagte der Schwarze knapp und rieb sich den Schweiß von der Stirn.

„Wie kann diese Scheiße jetzt passieren? Wo ist Aki, Alter? Er sollte euch doch begleiten!"

„Ich... Er... Wer könnte es gewesen sein? Denkst du, dass FIB dahinter steckt?"

Jeffrey hörte den Anderen seufzen.

„Nein, ich habe mit denen vor Kurzem erst ein Abkommen geschlossen. Die machen uns so schnell keine Probleme mehr."

„Wer dann?"

„Ich lass es von Ete herausfinden. Sieh du erstmal zu, dass du von dort wo du bist verschwindest. Noch eine Schlagzeile wie die Scheiße mit Aki können wir wirklich nicht gebrauchen."

Mit einem gewissen Widerwillen stimmte Jeffrey zu. Ihn machte es zu schaffen, dass so ein Mist gerade dann passierte, wenn er auf die Neue aufpassen sollte. Wenn ihr etwas zu stoßen würde, könnte er sich das nicht verzeihen.

Derweilen bei dieser:

Wieder kam Chrissy zu Bewusstsein. Sie wusste nicht, wie lange sie nochmals ohnmächtig war, doch sie schätzte nicht mehr als ein paar Stunden. Ihr Hals fühlte sich trocken an und sie hustete, als sie versuchte zu schlucken. Es schmerzte gewaltig.

„Du bist wach, wie schön...‟

Die Schwarzhaarige schreckte abermals vor der Gestalt in der Dunkelheit zurück.

„Ach komm schon! Du musst dich vor mir nicht fürchten. Naja, vielleicht doch?‟

Ein fieses Kichern entrang ihrer Kehle.

Das Phantom kam auf sie zu, beugte sich hinab und fuhr Chrissy kniend über die Wangen. „Wenn ich dieses Gesicht besitzen könnte, es einfach von dir herunter zu schneiden."

Chrissy erstarrte und das Phantom lächelte.

„Es muss wundervoll für dich sein, in den Spiegel schauen zu können."

„Sie sind doch viel schöner", beteuerte Chrissy in kauernder Stellung.

Die Boshafte lachte schallend.

„Du bist wirklich süß und irgendwie ist da was Wahres dran, und doch..."

Ihr Blick flog über deren Opfer.

„Hach, es wird Zeit!"

Blitzschnell zog sie ein kleines Fläschen hervor, packte Chrissys Haar und öffnete das Gefäß mit einer Hand und flößte ihr gewaltsam den gesamten Inhalt ein.

Die Schwarzhaarige versuchte krampfartig sich dagegen zu wehren, doch selbst wenn sie die Hälfte ausspucken konnte, hatte sie viel zu viel davon getrunken.

Als sie wieder losgelassen wurde, bemühte sie sich, genügend Abstand zwischen sich und der Frau zu bringen, doch was auch immer ihr eingetrichtert wurde, es zeigte schon seine Wirkung. Sämtliche Kraft schien aus ihren Muskeln gewichen zu sein und ohne, dass sie es wollte, blieb sie regungslos, jedoch nicht bewusstlos, am Boden liegen.

Lady Phantom stand mit einem zufriedenen Lächeln auf.

„Ein Nervengift. Es ist nicht tödlich, aber so kann ich sicher gehen, dass du still hältst und trotzdem bei Bewusstsein bleibst."

„Was?", brachte die Jüngere schwer hervor, ehe ihre Stimme ganz versagte. Sie fühlte sich wie benommen.

„Ich denke du willst wissen, was ich mit dir vorhabe? Nun, lass dich überraschen, Süße", erwiderte die Überlegene.

„Schaff sie hier raus und bring sie in mein Zimmer", ordnete jene Hexe an.

Einer der Handlanger kam wie aus dem Nichts auf sie zu, packte sie grob und schliff sie aus dem Raum hinaus, Phantom immer vorneweg. Ihre Blicke trafen sich manchmal, als sie auf die Betäubte zurücksah. Und so sehr Chrissy sich dazu zwang, ihren ganzen Hass in ihre zarten Gesichtskonturen zu legen, machte das Betäubungsmittel ihre Miene zu einer Maske der Unveränderbarkeit.

Sie bekam alles mit. Jede einzelne Handlung, die geschah, wie man sie auf ein Bett legte, wie man ihr über das Gesicht strich, das Phantom, die sich über sie beugte, es war der reinste Horror.

„Ich denke, wir können danach immer noch ein kleines Pläuschchen über deine Freunde halten, nicht wahr? Lass uns erstmal etwas Spaß haben."

„N..."

Es brachte nichts. Die Betäubung machte es unmöglich zu reden.

„Streng dich nicht an, es wird auch gar nicht so schlimm."

Ein dumpfer laut ertönte, dann wurde die Tür aufgerissen.

„Also ich denke, es kann bei deiner Fratze nicht schlimmer werden."

Erleichterung überkam Chrissy plötzlich, als sie die Stimme erkannte. Man würde sie also endlich hier raus holen, weg von dieser Irren.

Phantom, die nun ein Stück von Chrissy abgerückt war, wirkte verärgert, zwang sich jedoch zu einem Lächeln.

„Wenn das nicht Akinator ist. Wieder raus aus der Anstalt?"

„Was soll ich sagen? Gute Führung eben!", sinnierte er frech und ironisch wie immer.

Mehrere Schüsse fielen, ehe sich eine weitere Person in der Tür blicken ließ. Es handelte sich um Tix, das junge, quirlige Mädchen.

„Aki, es macht nicht unbedingt viel Spaß allein gegen zwanzig Männer zu kämpfen!", murrte jene und stülpte sich ihren Beanie über den Kopf, nachdem sie sich ihre Haare gerichtet hatte.

„Was? Ich hab mindestens schon Vierzehn erledigt!"

„Nein, nein, nein! Es waren Vier! Vier sage ich!"

„Ja, dann halt Vier."

„Yes mate!"

Der geschlagenen Lady Phantom wurde das nun zu viel. Mit einem genervten Seufzer stand sie von dem Bett auf, auf dem auch die Gelähmte lag, packte ein MG, welches sie immer neben ihrem Bett aufbewahrte und richtete es auf die zwei Störenfriede.

„Ihr stört!", schrie sie ihnen entgegen und betätigte den Abzug.

Tix war die Erste, die sich schützend in Deckung brachte. Geschickt machte sie eine Rückwärtsrolle, Akinator tat es ihr gleich darauf nach.

Beide zielten auf die Waffe in den Händen der Bandenanführerin und schneller als gedacht, schon war das Problem beseitigt und konnte ad acta gelegt werden, oder auch nicht?

Wütend zog sie ein Messer, stürmte auf die im Bett liegende zu und hielt es ihr an die Kehle. „Eine falsche Bewegung und ihr seid umsonst hergekommen!"

Die Stimmung schien derbe angespannt, sowie definitiv jede

einzelne Person in dem Raum. Doch dann erhob Aki wieder die Stimme.

„Dann tu es. Komm schon. Solange ich die Sauerei nicht sauber machen muss, ist mir egal was mit ihr passiert."

„Aki!"

Tix war schockiert, doch er zuckte nur die Achseln.

„Sie ist ein Tag bei uns und denkt sie wäre was Besonderes. Das ist so nervig."

Er machte einige Schritte auf das Bett zu.

„Ich hab ihr doch gesagt, dass ihr so etwas passieren wird, wenn sie nicht besser aufpasst."

„Bleib stehen!", fuhr ihn Phantom erneut ungehindert an.

„Wenn sie nicht wichtig wäre, dann würdet ihr nicht herkommen, um sie zu retten."

Aki stöhnte auf und blieb stehen.

„Sie retten? Wir wollen sie nur zurückholen, damit wir keinen Stress mit Bojan bekommen."

„Dann ist sie doch ein VIP Eures Bosses!"

Phantom drückte das Messer fester gegen den Hals der Gefangenen.

Aki wog die Situation ab.

„Naja", lachte er.

„Mehr oder weniger. Da hast du nicht ganz unrecht"

Was Lady Phantom nicht klar war, dass ein Scharfschütze auf dem Gebäude gegenüber sie zielsicher im Blick hatte. Der Spezialist dort drüben wartete im lauen kalifornischen Wind neben zwei Palmen in Töpfen auf dem kalten, grauen Asphalt nur noch auf ein Zeichen.

Kapitel 6

Boom!

Das Zeichen kam in Form eines fast unsichtbaren Fingerzeigs seitens Aki, der mit erhobener Waffe auf Lady Phantom zeigte. Ein Schuss fiel, Fensterscheiben zersprangen und plötzlich spürte die Peanutbutter einen Luftzug. Doch die Kugel verfehlte ihr Ziel um Haares breite, stattdessen bohrte sie sich in eine quietschende Eichenkommode.

Phantom war ausgewichen und befand sich nun knapp einen Meter von dem Mädchen entfernt. Das nutzten die zwei Techscalibur-Mitglieder um Chrissy aus ihrer misslichen Lage zu befreien und Phantom in die Ecke zu drängen.

„So, jetzt hast du keine so große Klappe mehr, was?", feixte Aki die schöne Frau an, die nur grimmig zu den drei herüberblickte und dabei zusehen musste, wie Tix Chrissy in Sicherheit brachte, während Aki noch mit erhobener Waffe vor ihr stand.

„Denkst du ich bin dumm?"

„Naja" Aki lachte.

„Etwas?"

„Du wagst es!"

Aki konnte fast nicht glauben, wie schnell diese Frau ebenfalls eine Waffe hervorzog, und, ehe er sich versah, befanden sich beide in einer Pattsituation.

„Glaub mir, ehe du den Abzug betätigen kannst, habe ich dir deine Birne weg gepustet", schwor ihm die zuckersüße Schwarzhaarige mit den eiskalten Augen.

Aki schluckte. Er befand sich schon einmal in dieser Situation und zog deutlich den Kürzeren, obwohl er das ungern zugegeben hätte. Damals hatte sie ihm nur ins Bein geschossen, doch er wusste, wie präzise ihre Treffer doch seien.

Diese Frau war zu einer Killerin ausgebildet worden und er war ja sicher, dass sie schließlich einst seine Ausbilderin bei den Söldnern gewesen ist. Schon damals hatte sie ihm gesagt, dass man nicht einfach aussteigen konnte. Nur Bojan war es zu verdanken, dass Aki noch lebte.

„Ich hätte dir schon damals in den Kopf schießen sollen."

„Warum hast du es dann nicht getan, alte Schachtel?"

Ein Schuss zischte, knapp an Aki's Kopf vorbei. Nicht einmal ein Zucken ging von der Frau aus, während der Braunhaarige versuchte, gleichgültig zu erscheinen.

„Ich hatte Mitleid mit dir. Ein kleiner Waisenjunge, aufgewachsen zwischen Söldnern", erzählte sie.

„Aber ich habe aus meinen Fehlern gelernt. Noch einmal lasse ich dich nicht laufen."

„Dann tu es doch. Töte mich hier und jetzt, dann muss ich zumindest Fufu nicht anrufen, um ihr zu sagen, dass sie scheiße ist."

Phantom verzog abfällig das Gesicht, den Finger am Abzug bereit.

„Du widerst mich an!"

Aki grinste.

„Ah, aber du kennst sie auch, nicht? Die blonde mit den dicken T-"

Ein weiterer Knall schalle durch den Äther. Dieses mal hatte die Söldnerin auf dessen rechten Oberkörper gezielt. Das wiederum ließ der Akinator nicht auf sich sitzen. Mit schmerzender Schulter rollte er sich zur Seite, schoss ein paar Mal aus der Bewegung in ihre Richtung und verschwand aus dem Raum.

In der Tür angelehnt machte er sich bereit.

„Komm schon, du bist immer noch so humorlos wie früher, alte Schachtel."

„Und du hast noch immer die gleiche große Klappe! Aber ich denke das wird sich legen, wenn du einmal tot bist!"

„Hmn Da wäre ich mir nicht so sicher."

Ein Piepen ertönte. Es war kaum wahrnehmbar für einen Laien, aber hierbei handelte es sich definitiv um einen Zünder.

„Hörst du das? Das ganze Gebäude ist mit Sprengstoff ausgelegt. Eins a C4."

„Die anderen sind längst draußen, alte Schachtel", meldete sich der Braunhaarige.

„Oh, natürlich habe ich mitgedacht und auch den Hof präparieren lassen. In genau einer Minute fliegt uns hier alles um die Ohren. Oder besser gesagt euch, denn ich habe noch eine Verabredung mit eurem Boss", hörte er von Phantom, dann war da ein dumpfer Klang von Metall, was ihn sofort aus der Deckung springen ließ, doch die Lady war verschwunden.

Zurück blieb ein offengelegter, geheimer Schacht durch den nur eine dünne Frau oder ein Kind passen könnte.

Aki biss die Zähne zusammen.

„Du Miststück!", plärrte er.

Der Zähler eines Timers lief herunter. Als Aki losrannte, blieben noch genau 45 Sekunden übrig. Er hatte den Hof fast erreicht, da waren es nur noch 30 Sekunden.

Aus einem der Fenster konnte er sehen, wie Tix und Jeffrey zusammen mit Chrissy über den Hof liefen. 20 Sekunden.

Er hastete weiter, die Tür hinaus, die breite Treppe hinunter, über den verwilderten Weg. 10 Sekunden.

„Wir müssen hier weg!", rief er und rannte weiter.

„C4! Überall!"

Es war kaum genügend Zeit zum Reagieren. Nun rannte auch der Rest der Crew los, doch sie würden es nicht schaffen.

5...

Als könnte es nicht schlimmer kommen stürzte Chrissy und schlitterte über den Kies hinweg.

4...

„Es soll nicht heißen, ich hätte es nicht versucht", zischte Aki, stürzte nach vorne und stützte sich schützend über Chrissy ab, die nun mit tränennassen Wangen unter ihm im Dreck lag. „Mach die Augen zu", flüsterte er ihr noch zu.

3...

Sie tat wie geheißen.

2...

Die anderen hatten vielleicht noch eine Chance, waren sie immerhin schon am Tor angekommen.

1...

Das Donnern ging durch Mark und Bein, Staub wirbelte auf und Teile des Hauses flogen durch die Luft. Aki drückte sich näher an Chrissy, in der Hoffnung es würde zumindest sie etwas schützen, während ihm Stücke des Hauses geradezu um die Ohren flogen.

Ein großer Brocken der Fassade traf ihn am Hinterkopf.

Er wartete nur noch auf die Explosion, die ihn und Chrissy in Stücke reißen würden. Doch sie blieb aus.

Als sich der Staub gelichtet hatte, die letzten Stücke des Hauses zum liegen kamen und nur noch ein leiser Nachklang der Explosion zu hören war, kam er zu der Erkenntnis reingelegt worden zu sein. Phantom hatte wieder nur eines ihrer Spiele gespielt.

Als sein Handy dann klingelte, war er kaum in der Lage es aus seiner Hose zu fischen, gar den Anruf ordentlich an zu nehmen. Der Anrufer war Unbekannt.

„Wer ist da?"

„Es ist so süß, wie du dich geopfert hättest, aber denkst du wirklich es hätte sie gerettet?"

„Was?"

„Ich will sie", sagte Lady Phantom.

„Es hätte mich nicht gestört wenn du und deine kleinen Freunde dabei drauf gegangen wärt, aber die Chrissy? Niemals!"

„Du bist einfach nur krank!"

„Und du stellst das Leben anderer über dein eigenes und das macht dich schwach!"

Sie legte auf. Aus naher Umgebung hörte Aki wenig später ein Brummen, bis ein Helikopter über ihre Köpfe hinweg flog.

Lady Phantom war entkommen und er war schuld. Was hatte ihn davon abgehalten sie zu erschießen? Die Tatsache, dass auch sie eine Waffe auf ihn gerichtet hatte?

Hatte er etwa wahrhaftig Angst gehabt zu sterben?

Er sah in das Gesicht der Neuen, wie sie so verängstigt unter ihm lag und nicht es nicht fasste, was geschehen war. Auch sie musste verstehen, dass dieser Job auch den Tod bedeuten konnte. Nicht aber heute.

Doch eines müsste sie auf jeden Fall unbedingt noch lernen.

„Du brauchst Training, wenn du überleben willst."

Sie nickte lediglich heftig mit dem Kopf, immer noch mit den Tränen kämpfend.

Kapitel 7

Vanilla Unicorn

Es vergingen einige Monate in dem jeder der Techscalibur-Crew Chrissy zeigte, wie sie sich selbst verteidigte, mit Waffen umging und auf den Straßen der dunklen Seite von Los Senderos überlebte. Ein neuer Freundeskreis bildete sich und es taten sich Dinge auf, die die kesse Dame nicht für möglich hielt.

Dabei integrierte sie sich nicht nur in die Crew, sondern lernte auch ihre Mitglieder besser kennen.

Tix, die Ausreißerin, die es bei ihren Eltern nicht mehr ausgehalten hatte beispielsweise.

Oberboss Jeffrey, ein genialer und kreativer Koch, der lange Zeit für seine

Mutter sorgen musste, bis diese eiskalt von Drogenhändlern ermordet wurde. Den stummen Tixer, der bei einem Brand seine Stimme verlor.

Trister, ein tollpatschiger Junge, der eigentlich ein ganz normales Leben führte, bis er Tix kennenlernte und heimlich für sie schwärmte.

Mr. Engl, ein Ex-Cop dessen Partner bei einer Schießerei ums Leben kam, was er bis heute noch nicht ganz verkraftet hatte.

Chris, der trotz der Stoffe mit denen er gerne herum experimentierte und manchmal völlig high schien, ein sehr guter Arzt war.

Domi, die oft und gerne aß, aber dennoch ihr Gewicht durch Kampfsport perfekt hielt. Oft gerieten sie und William aneinander, da beide eine

Beziehung zu Jeffrey geführt hatten und der sich noch immer nicht zwischen den zwei Powerfrauen entscheiden konnte, doch Chrissy bemerkte viele Blicke unter Domi und Bojan, so dass sie sicher war, dass die Streitereien bald ein Ende haben würden.

Bojan, der mehr wie ein Kumpeltyp schien, mit dem man gut einen trinken konnte, der aber oft auch plötzlich sehr ernst und nachdenklich wurde und einen sehr harschen Tonfall an den Tag legte, wenn man ihn verärgerte.

Dann waren da noch die vier Außenposten, wie die anderen sie nannten: Barret ein Mitarbeiter des FIB und Verbindungsmann, ein junger Mann aus der Schweiz namens iDechs, die berühmte Sängerin Trixx und Maik, den sie alle nur Cheese Maik nannten, da er einmal in einem Supermarkt nur für Milchprodukte arbeitete.

Chrissy hatte viel erfahren in der Zeit, in der sie von jedem trainiert wurde und freundete sich so auch sehr mit den Mitgliedern der Crew an. Besonders mit Tix, Jeffrey und sogar Aki verstand sie sich gut.

An jenem Morgen, an dem die Ausbildung offiziell beendet sein sollte, war Chrissy mehr als nur aufgeregt. Sie erhielt nun ihre erste, wenn auch eher schlichte, Mission und sie würde sie zusammen mit Tix und Aki ausführen.

Ungewöhnlich früh war sie auf den Beinen gewesen, hatte für alle das Frühstück vorbereitet und ist danach erstmal duschen gegangen.

„Hey", brummte Tix müde, als sie das Bad betrat, wo sich Chrissy gerade ihren schwarzen Bob zurecht kämmte.

„Morgen", flötete die Schwarzhaarige dem Morgenmuffel entgegen.

Tix sah aus, als würde sie jeden Moment umfallen und auf den Fliesen weiter schlafen.

„Wieder kein Auge zu getan?"

Sie lehnte über dem Waschbecken und putzte sich die Zähne.

„Domi hatte Beschuch... Und esch war nischt Jeffrey."

„Ich habs auch gehört. Bojan?", erkundigte sich Chrissy interessiert.

Tix hielt inne und nahm die Zahnbürste aus ihrem Mund.

„Wie kommst du denn da drauf?"

Chrissy zuckte mit den Schultern.

„Einzige Erklärung."

Die Braunhaarige verdrehte die Augen.

„Als gäbe es nur diese zwei Männer in der ganzen Welt."

„Hätte ja sein können."

Tatsächlich waren es weder Bojan noch Jeffrey, sondern ein junger Mann der wenig später aus der Wohnung schlich. Chrissy und Tix saßen gerade in der Küche, tranken Kakao und aßen Toast mit Spiegelei, als er im Flur herumtrieb und man wenige Sekunden später die Tür zuschlagen hörte. Kurz darauf kam Domi laut gähnend in die Küche, nahm sich einen Kaffee und klaute sich bei Tix eine große Scheibe Ei mit Toast, nur um danach wieder zu verschwinden. Chrissy konnte sich ein Lachen nicht verkneifen.

„Das war mein Toast!", grummelte Tix ihr nach und verschränkte ihre Arme vor der Brust.

„Menno!"

Chrissy schob ihr ihren Teller rüber.

„Du kannst meins haben, ich bin schon satt."

„Ehrlich?"

Tix' Augen strahlten. Das Ostküsten-Landei nickte.

„Ich bin viel zu aufgeregt. Was Bojan mir wohl für eine Mission gibt?"

„Bestimmt nur irgendein Abholdienst, den wir verrichten müssen. Momentan gibt es nicht viel zu tun", meinte Tix und verputzte den Toast.

„Und dafür braucht es drei Leute?"

„Naja, Aki ischt beschtimmt keine grosche Hilfe."

„Er reißt bestimmt wieder irgendeine dumme Blondine auf", brummte Chrissy.

„Ist da etwa jemand eifersüchtig?", grinste Tix.

„Halt die Klappe und iss den Toast."

Lachend stopfte jene sich das letzte Stück mit Ei in den Mund, während Chrissy nachdenklich auf die Wanduhr schaute.

In den letzten Monaten hatte sie Aki besser kennengelernt und mochte ihn schon ganz gerne, vielleicht etwas mehr als sie sollte, aber eifersüchtig auf die blonden Dummchen war sie wirklich nicht. Oder etwa doch?

„Los? Hallo?"

Tix tauchte in ihrem Sichtfeld auf.

„Hallo? Erde an Chrissy? Können wir dann los?"

Sie schreckte auf.

„Hm, what the fuck?"

Tix seufzte.

„Ob wir los können? Es hat bereits geklingelt, ich befürchte es ist Aki."

Die jüngere wackelte vielsagend mit den Augenbrauen, wofür sie sich einen leichten Schulterboxer seitens Chrissy einhandelte.

„Ich mag ihn nicht so", murrte unsere Freundin.

„Also hör auf ständig so etwas an zu deuten. Er ist gar nicht mein Typ."

„Also stehst du nicht auf halbnackte Kerle mit Waffen in der Hose?"

„Boah, Tix!"

Schnell stand die Peanutbutter auf, schnappte ihre weiße Lederjacke und ging zur Tür.

Just in diesem Moment kam William aus ihrem Zimmer.

„Spinnt ihr, um die Uhrzeit einen Lärm zu veranstalten, wie auf einem Kindergeburtstag?!"

„William!", kam es zur gleichen Zeit von Chrissy und Tix.

„Sorry!"

„Ja, will ich auch hoffen. Wo geht ihr hin?"

„Wir haben eine Mission", erklärte Chrissy stolz.

„Du?" William lachte.

„Scheiße, und dann noch mit Em?"

„Und Aki", fügte Tix hinzu.

„Was, mit dem auch? Na das wird lustig. Bojan hat ja Nerven euch in ein Team zu stecken."

Die Latina verschwand langsam im Bad und wieder klingelte es Sturm.

„Jetzt verschwindet endlich, dass der Idiot endlich aufhört Sturm zu klingeln!"

Gesagt, getan. Besonders mit William wollten es sich die zwei Mädchen nicht verscherzen, zu viel Respekt hatten sie vor der dunkelblonden Schönheit.

Unten angekommen wartete auch schon ein Akinator. Kurz tauschten er und Chrissy Blicke, dann wandte er sich Tix zu.

„Und?", fragte Tix kurz an und anscheinend wusste Aki sofort, was sie wissen wollte.

„Vanilla Unicorn, wir treffen eine alte Freundin die Infos für uns hat, was das FIB angeht."

„Was ist mit Barret? Er war doch euer Informant was das FIB betraf?", warf Chrissy verwirrt dazwischen.

„Tja. Barret ist seit gut einer Woche wie vom Erdboden verschluckt. Tixer munkelt, er habe sich abgesetzt und lebt jetzt mit Frau und Kind auf Hawaii."

Chrissy stellte sich den Anzugträger Barret in einem Hawaii-Hemd und kurzer Hose vor, wie er aus einer Kokosnuss trinkend, auf einer Hängematte lag. Ein befremdlicher Gedanke.

„Oder er ist tot", fügte der Akinator dann noch an.

„Wer weiß das schon..."

Irgendwas sagte Chrissy, dass gerade Aki mehr wusste, als er zuzugeben vermochte, doch sie beließ es dabei. Der

Gedanke von einen toten Barret brannte sich in ihren Kopf ein und ihr gefiel das ganz und gar nicht. Zwar hatte sie jenen bisher nur drei mal getroffen, doch er war immer sehr nett zu ihr gewesen, und hinterließ stets einen guten Eindruck.

„Dann mal auf zum Vanilla Unicorn!" Aki klatschte freudig in die Hände und schwang sich auf seine Maschine.

„Chrissy fährst du mit?"

Die Angesprochene wurde rot. Zusammen mit einem Oberkörper freien Aki auf dem Motorrad?

Seine Clownshupe ertönte mehrmals.

„Na?", zwinkerte er lachend.

Tix kicherte im Hintergrund.

„Ich nehme dann auch mein Bike."

„Wir müssen Chrissy unbedingt auch eins kaufen. Vielleicht heute noch?"

„Ähm."

„Jetzt steig schon auf, oder willst du bei Tix mit fahren?"

„Nein!"

Schnell stieg Chrissy zu Aki und er reichte ihr lachend einen zweiten Helm.

„Gut festhalten", sagte er noch, ehe er losfuhr.

Das Gefühl, wie der kühle Wind einem ins Gesicht blies, man an Fußgängern und Autos vorbei rauschte, die Geräusche des Motors und der Räder, die über den Asphalt zogen. Es schien, als würde man fliegen.

Chrissy drückte sich etwas mehr an Akis warmen, tätowierten Rücken. Sie glaubte, ein kurzes Lachen zu hören, doch es war ihr egal. Soll er doch denken, was er wolle, sie wünschte, dass dieser Moment niemals zu Ende ging.

Und dann hielt er an. Zuerst wollte Chrissy protestieren, als er vom Motorrad stieg, doch als sie das große auffällige Schild des Vanilla Unicorn sah und er schluckte sie jeglichen Protest hinunter.

Das Gebäude war von Außen mit grellen Neonlichtern ausgestattet, die in Rot und lila leuchteten. Es schrie geradezu nach einem Stripclub, wie man ihn sich vorstellte. Schon von draußen hörte man leise die Musik, die im Innenraum gespielt wurde.

Irgendwie mochte sie den Gedanken nicht, dass sie zusammen mit Tix und Aki gleich das Gebäude betreten würde. Besonders gefiel ihr nicht, dass Aki dort reinzugehen ersuchte. Aus Erzählungen wusste Chrissy aber, dass der Akinator schon oft in diesem Stripclub gewesen war. Ein Rotlichtmilieu, in dem die Tänzerinnen auch mit den Kunden Sex hatten.

Chrissy verabscheute solche Frauen und ihren Beruf, das hatte auch nichts mit Aki zu tun. Naja, nicht ganz.

Er und der Türsteher nickten sich zu, als die zwei in den Stripclub verschwanden. Warme und stickige Luft kam ihnen entgegen, mit einem süßlich, beißenden Duft. Die Lichter waren gedimmt und Rauch stieg aus der Ecke, in der mehrere ältere Herren standen und an ihren Zigaretten zogen. Die meisten Leute hier waren dunkelhäutig, weswegen Chrissy und Aki auffielen wie schwarze Schafe in einer weißen Herde. Nun ja, der Vergleich schien vielleicht etwas unbedacht gewählt.

Aki schlenderte zur Bar und bestellte sich nicht einen, sondern gleich mehrere Kurze. Er bot sogar der Dame an der Bar einen an.

Was hatte Chrissy erwartet, nur weil sie dabei war, würde er nicht mit einer anderen Frau flirten?

Etwas verloren stand die hübsche Chrissy im Eingang. An einer Bühne im hinteren Bereich des großen Raumes lehnten und saßen Männer, die ihre Blicke nicht von der an der Stange tanzenden Frau auf der Bühne abwenden konnten und ihr immer wieder einige Dollar zu warfen. Andere

Stripperinnen liefen durch den Raum und sprachen ihre Kunden an, ob sie nicht eine Privatvorstellung bekommen möchten.

Aus einer Tür mit einem roten Vorhang trat eine weitere leicht bekleidete Frau mit einem grinsenden Herren. Vermutlich befand sich dort der Bereich für Privatedances. In einem kleinen abgeschotteten Raum stand ein DJ, der wild und völlig unpassend zu der eigentlich im Vergleich ruhigen Musik abging. Er hatte wohl schon einige Joints durchgezogen.

Von draußen hörte Chrissy dann Tix energisch auf jemanden einreden.

„Wenn ich es ihnen doch sage, ich bin schon alt genug! Ja, ich weiß, dass ich aussehe wie eine Sechzehnjährige! Nein, ich bin nicht Sechzehn! Boah! Ich will da rein!"

Chrissy folgte der Stimme wieder nach draußen.

„Tix?"

Der Türsteher hatte sich vor jener aufgebaut und versperrte ihr den Weg.

„Chrissy!" Hilfesuchend schaute Tix an dem Mann vorbei zu ihr.

„Sag ihm, dass ich schon Achtzehn bin!"

De Türsteher drehte sich zu ihr und Chrissy stimmte ihrer Freundin zu.

„Sie ist wirklich Achtzehn."

Und das war nicht einmal gelogen. Tix sah einfach nur total jung aus.

Der Türsteher trat zur Seite.

„Na dann."

„Danke!", grummelte Tix und trottete beleidigt in den Schuppen.

„Ich hasse es wie ein kleines Mädchen behandelt zu werden!"

Chrissy hätte ihr gerne geraten, sich dann auch nicht so zu benehmen, aber sie wollte sie nicht kränken. Im Grunde war es Tix′ Art so mit ihren Problemen zurechtzukommen, wenn sie sich so schusselig und kindisch benahm.

Die Peanutbutter wusste um den Schmerz, den diese ertragen hatte und wünschte, sie könnte ihr die Pein nehmen.

Wieder drinnen angekommen sahen die zwei Mädchen dabei zu, wie Aki noch immer an der Bar stand, mit der Bardame flirtete und mittlerweile mehr als zehn geleerte Gläser vor sich stehen hatte. Chrissy konnte schwören, er hatte sich nur vier bestellt.

„Boah, wir haben hier einen Auftrag zu erfüllen und er lässt sich zu laufen! So was von... Wer ist das?"

Eine große, schlanke Frau mittleren Alters und dunklen Haaren lief an den zwei Mädchen vorbei, direkt zur Bar wo Aki saß. Mit sanften Bewegungen ließ sie sich neben dem jungen Mann nieder, lächelte ihm zu und fuhr mit ihrer Hand über seine.

Sie sah nicht aus wie eine Stripperin des Vanilla Unicorn, war sie doch in einem modischen Kleid gehüllt und nicht wie die meisten Stripperinnen hier in einfache Dessous.

Aki schien sie gut zu kennen, denn sie lächelten und lachten viel während der Unterhaltung und dauernd suchte die Frau seine Nähe.

Chrissy wollte es nicht wahrhaben, doch in ihr brodelte die Eifersucht. Auch Tix schien das zu bemerken.

„Vielleicht ist es die Informantin."

„Sie sind so vertraut..."

Mittlerweile hatten die zwei Mädchen sich hinter einer Wand versteckt und beobachteten das Geschehen aus der Ferne. Einzelne Besucher des Clubs, die an ihnen vorbei liefen, beäugten die zwei, als wären sie Verrückte.

Es dauerte eine geschlagene Stunde, bis die zwei ihren Plausch beendeten. Die dunkelhaarige Schönheit ging als erstes und schenkte Chrissy und Tix beim vorbei gehen ein Lächeln, als wisse sie, dass sie von ihnen beobachtet worden war.

Die Peanutbutter hatte das Gefühl, als würde die Frau sie einige Sekunden länger anblicken als Tix und auch als sie an ihnen vorbei zog, spürte Chrissy die Blicke der vermeintlichen Informantin, doch als sie sich vergewissern wollte, war diese schon verschwunden.

„Komische Frau", murmelte Tix leise vor sich hin und begab sich zur Bar, wo Aki noch saß und an einem Whiskey nippte.

Chrissy folgte ihr schlendernd.

Der Akinator schien rund um zufrieden zu sein, als hätte die Frau ihn mit ihren Blicken einen runter geholt. Verärgert setzte Chrissy sich an die Bar, da wo die Unbekannte saß, und bestellte sich eine Cola. Tix nahm direkt neben ihr platz.

„Und?", fragte sie.

„Hm?" Aki schien noch immer weit weg vom Geschehen.

„Oh... Es war die Informantin."

„Und?", hakte sie nach.

„Was und?"

„Was hat sie gesagt?"

„Das ist streng vertraut. Ich soll die Informationen direkt an Bojan weiter geben."

Kapitel 8

Bozilla sagt!

Als die drei Crew-Mitglieder das Apartment des Techscalibur-Chefs betraten, saß dieser seelenruhig auf der Couch und spielte auf einer Gitarre. Doch es war nicht einfach irgendwelches Geklimper, sondern eine traurige Melodie, die einem das Herz schwer werden ließ.

Als Bojan dessen Freunde bemerkte, stellte er das Spielen ein und legte seine Gitarre sanft neben sich ab.

„Und, was gibt´ s Neues?", fragte er auch sogleich.

„Ich habe sie getroffen", antwortete Aki, wobei er die Erwähnung der Informantin extra betonte.

Bojan nickte und stand auf.

„Reden wir im Büro weiter... Unter vier Augen", forderte er den Jüngeren auf und geleitete ihn in sein Büro, während Chrissy und Tix verwirrt zurückblieben.

„Was machen die denn für ‚ne große Sache daraus?", maulte Tix und ließ sich auf die Couch fallen, wobei die Gitarre einen leichten Hüpfer machte.

Chrissy blieb wie angewurzelt mitten im Raum stehen und fragte sich derweil weiterhin, wer diese Frau denn nun genau war, dass sie für Aki so wichtig war.

Die ganze Zeit hatten Chrissy und Tix versucht, mehr aus Aki heraus zu bekommen, doch er schwieg darüber eisern. Er wollte die schwarzhaarige Peanutbutter nicht einmal mehr mit zu

Bojan nehmen und hatte darauf bestanden, dass sie bei Tix mit fuhr.

Geknickt musste Chrissy dann natürlich auf ihren Mentor hören, wenn auch ungern.

Leise waren die Stimmen der zwei Männer aus dem Büro zu vernehmen und sofort sprang Tix vom Sofa, um einer ihrer Lieblingsbeschäftigung nach zu gehen, dem Lauschen von geheimen Gesprächen.

„Tix, nicht!", mahnte Chrissy, auch wenn sie ihrer Freundin liebend gerne gefolgt wäre, da sie selbst sehr neugierig veranlagt war, besonders bei dem Akinator.

Lautlos kichernd schlich Tix sich an und blieb in einer sicheren Entfernung stehen. Man könnte förmlich sehen, wie sie ihre Ohren spitzte.

Augenverdrehend schlich Chrissy ihr hinterher, griff sie am Arm und versuchte, sie zurück zum Sofa zu zerren.

„Ich glaube nicht, dass ich so weiter machen kann, Bojan", hörten die Mädchen Aki flüstern.

„Das ist doch Wahnsinn."

„Du musst aber, oder hast du vergessen was auf dem Spiel steht?"

„Nein..."

„Du musst dich mit ihr treffen, am besten so schnell wie möglich", sagte Bojan mit ernster Stimme.

„Sie hat mich für heute Abend zu sich eingeladen..."

„Dann wirst du da sein. Auf gar keinen Fall dürfen wir Barret in Gefahr bringen, sie würden kurzen Prozess mit ihm machen."

Barret? War er etwa tatsächlich in großer Gefahr und deshalb unter getaucht? Chrissy schluckte.

„Ich weiß", knurrte der Akinator.

„Schön, ich geh hin."

„Gut. Mach was nötig ist, um die weiteren Informationen zu erhalten."

Schweigen machte sich breit.

Tix konnte Chrissy gerade noch rechtzeitig von der Tür wegziehen und sie auf das Sofa schubsen, ehe sich die Tür des Büros wieder öffnete und die zwei Männer heraus traten. Verwirrt blickten sie auf die Szene, die sich ihnen bot.

„Wir spielen nur!", erklärte Tix die Situation, halb auf Chrissy liegend.

„Was tut ihr da?!", rief Bojan plötzlich aus.

„Sagt mal spinnt ihr?!"

Und wie zum Zeichen, riss auf einmal eine Saite der Gitarre, die Tix in ihrem Eifer von der Couch geworfen hatte.

„Scheiße!", fluchte Chrissy und auch ihre Freundin ließ einen Laut des Schreckens verlauten. Wie von der Tarantel gestochen sprangen beiden wieder auf.

„Das ist meine beste Gitarre, das ziehe ich euch vom Gehalt ab!", knurrte er.

„Chrissy bekommt doch gar kein Ge-
Ok, ok, ok! Bojan, es tut mir- Aua!"

Er hatte Tix am Ohr gepackt und zog
sie nun durch den Raum zum Ausgang,
öffnete die Tür und verfrachtete sie
nach draußen.

„Du hast Hausverbot!"

Mit einem lauten Knall schlug Bojan
ihr die Tür vor der Nase zu.

„Und ihr verschwindet jetzt auch!
Los!"

„Ja!"

Sofort kam Chrissy seiner
Aufforderung nach, denn Bojan im
Bozilla-Modus wollte sie nicht noch
einmal verärgern. Zu sehr schwirrte ihr
noch die letzte Begegnung mit jenem im
Kopf herum.

„Nein, halt! Chrissy, bleib noch kurz hier. Aki, du kannst gehen."

„Denkst du, ich bemerke das nicht?", fragte Bojan sie, als sie alleine im Apartment waren.

„Ähm, was?"

„Dass Tix uns belauscht, hätte ich mir denken können, aber du?"

Chrissy sah ertappt zu Boden.

„Es tut mir leid."

„Vergiss was du gehört hast, ist das klar? Und sprich nicht mit Aki darüber, du könntest uns alle damit gefährden."

„Wird er mit dieser Frau schlafen?", platzte es aus ihr heraus.

„Das hängt von ihr ab", seufzte Bojan.

Chrissy schluckte hart.

„Also ja. Ich hab die beiden gesehen, sie scheinen sich gut zu verstehen."

Der Boss legte der Peanutbutter eine Hand auf die Schulter.

„Schlag es dir aus dem Kopf. Egal was es ist, was du in Aki siehst, es ist Fassade."

Der Techscalibur-Boss entfernte sich.

„Jetzt geh und denk daran, was ich dir gesagt habe. Ich möchte, dass du dich daraus hältst."

„Ok."

Draußen vor dem Gebäude warteten bereits Aki und Tix, zusammen mit einem lachenden Chris und einem genervten Tixer.

„Was ist hier los?"

„Aki hat seine üblichen Witze gemacht", erklärte Tix, und Tixer machte wild Handzeichen in Gebärdensprache.

„Ja, stimmt, der war eigentlich schon schlecht...", sagte Chris.

„Hey, der war voll gut!", protestierte Aki.

„Nur weil er ihn nicht verstanden hat."

Wieder machte Tixer einige harsche Handzeichen.

„Ja, das ist dann dein Pech", brachte Aki ihm entgegen.

„Ich muss jetzt weg."

„Aha, wo willst du denn hin?", fragte Chris grinsend.

Unbehaglich sah Aki von dem, zu Tixer, rüber zur Gescholtenen und letztendlich zu Chrissy, ehe er den Blick abwandte und auf sein Motorrad stieg.

„Hab eben noch Dinge zu erledigen."

Mit diesen Worten warf er die Maschine an und fuhr ohne einen Blick zurück davon.

„Scheint als wäre er schlecht gelaunt", mutmaßte Chris.

„Kann man wohl annehmen...", murmelte Em.

Tixer schien etwas sagen zu wollen, doch dann machte er seine üblichen Handzeichen, als fiele ihm nun erst wieder ein, dass er ja nicht reden

146

konnte. Als er jedoch bemerkte, dass ihm keinerlei Beachtung mehr geschenkt wurde, bis auf Chrissy, die aber ohnehin keine Gebärdensprache beherrschte, ließ er die Hände sinken und marschierte in das Gebäude.

Chrissy glaubte so etwas wie „dann eben nicht", gehört zu haben, doch da Tixer ja nicht sprechen konnte, musste sie sich das nur eingebildet haben. Vielleicht sollte sie sich Gedanken um ihre Psyche machen?

„Höh, wo ist Ete hin? Ach, egal. Na, wer hat bock mit zu mir zu kommen? Ich hab noch Muffins!"

„Ja, Muffins!", jubelte Tix.

Die Peanutbutter bezweifelte, dass Chris hier von normalen Blaubeermuffins redete, aber ehe Chrissy etwas einwenden konnte, hatte sie ihre Liebste schon auf deren Bati verfrachtet.

„Dann machen wir Mittagspause bei Chris und danach kaufen wir dir auf Bojans Rechnung ein Motorrad!"

Chrissy lächelte missmutig bei Tix´ Idee, hatte diese immerhin gerade erst Ärger mit ihrem Chef gehabt. Aber wenn Tix für etwas Feuer und Flamme war, dann setzte sie das auch meistens durch.

Und so saßen sie nicht viel später bei Chris, Tixer, Mr. Engl und Tristler in der WG und aßen Muffins. Nun ja, Ersterer und Tix aßen welche, Chrissy dagegen zappte durch die Programme, die das amerikanische Pay TV hergab, dabei die ganzen Schmuddelkanäle überfliegend.

„Chrissy, willst du wirklich keinen?", fragte Tix und hielt der Älteren einen vor die Nase.

„Nein."

„Wirklich nicht?"

„Nein, Em."

„Wirklich wirklich wirklich nicht?"

„Em..."

Tatsächlich war das Mädchen nach drei Muffins noch anstrengender als ohnehin schon und auch Chris bereitete Chrissy nach einigen mehreren Muffins leichte Panik. Gelassen saß der Doc nämlich in einem Sessel, die Beine auf den Couchtisch gestützt und in der Hand hielt er eine Waffe, mit der er in die Luft zielte und so tat, als würde er unsichtbare Feinde abknallen. Das hatte

Chrissy bei ihm auch noch nicht gesehen.

Als Tix nach dem letzten Muffin auf dem Teller griff, da wurde es der Peanutbutter zu bunt. Bestimmt nahm sie Tix das Futter ab und legte es zurück.

„Ich denke, für dich waren das genug Muffins für eine sehr lange Ewigkeit."

„Ooh...", raunte Tix geknickt und rutschte vom Sofa, um auf dem Boden wieder aufzuspringen und durch das Wohnzimmer zu rennen.

„Ich schau mal was Tristi so mahacht!"

Chrissy seufzte und lehnte sich etwas zurück, gerade dann als plötzlich ein Knall ertönte und eine Kugel an ihrem Kopf vorbei sauste, um in der Wand hinter ihr einzuschlagen.

„Boom, Alter! Drecksvieh!", lachte Chris und als er Chrissys geschocktes Gesicht sah, blickte er sie verständnislos an.

„Was denn? Da war eine Fliege."

Chrissy war froh, als vier Stunden später Mr. Engl von einer Mission mit Jeffrey zurückkam, denn anders als Tixer hatte er ihr dann sofort angeboten, sie und Tix nach Hause zu fahren, was Chrissy nach diesen anstrengenden vier Stunden nur zu gerne an nahm.

Zuhause sorgte sie dann dafür, dass Tix ins Bett kam und sie selbst auch etwas Ruhe hatte. Als sie dann jedoch in ihrem Bett lag, schwirrten ihr die Ereignisse des Tages im Kopf umher. Sie fragte sich, wer diese Frau war und weswegen es so wichtig war, dass Aki tat was sie wollte, um noch mehr

Informationen zu erhalten. War das nicht auch irgendwie Prostitution, wenn Aki...? Chrissy wollte nicht an so etwas denken.

Wenn es so war, wie Bojan sagte und die Sicherheit der Crew daran hing, dann würde sie es hinnehmen müssen, sich den Akinator aus den Kopf schlagen aber niemals.

Ein Klopfen an der Tür holte sie aus den Gedanken, langsam setzte Chrissy sich auf und bat die Person herein.

„Was hast du mit Em gemacht? Die dreht völlig am Rad in ihrem Zimmer."

„William... Shit, sorry! Sie hat Muffins bei Chris gefuttert, die..."

Die Latina lachte lauthals los.

„Du hast sie das Zeug essen lassen?"

„Ich wusste nicht, dass sie so darauf reagiert!"

„Keiner wusste das, bis heute. Sollte man sich vielleicht merken."

„Hm…"

„Was ist los?"

Woran erkannte William immer nur, dass etwas nicht stimmte? Chrissy wandte ihr Gesicht ab.

„Nichts."

„Das kannst du den anderen Pappnasen erzählen, aber nicht mir. Also, was hat Aki jetzt schon wieder gemacht?"

Chrissy schaute auf.

„Ich soll eigentlich nicht darüber reden."

„Wer sagt das?", fragte die Dunkelblonde, zog eine Augenbraue in die Höhe und setzte sich zu Chrissy aufs Bett.

„Bojan...", erwiderte jene leise.

„Was hat Bojan damit zu tun?"

Chrissy seufzte.

„Ich hatte ja mit Aki und Tix diese Mission im Vanilla Unicorn."

Nun brach William in Lachen aus.

„Du im Stripclub? Oh scheiße, nein, das ist zu geil!"

„Na, danke auch", brummte Chrissy beleidigt und wurde rot wie eine Tomate.

„Dann erzähl ich nicht weiter."

„Hab mich schon wieder."

„Jedenfalls hat Aki da eine Frau getroffen und die scheint wichtig zu sein. Er trifft sie heute nochmals und ich glaube er wird mit ihr schlafen."

„Gott, diese Teenagerprobleme. Wie alt bist du? Vierzehn?"

„Zwanzig."

„Dann kann es dir egal sein. Er ist ein erwachsener Mann, zumindest manchmal benimmt er sich so, und wenn es seine Mission ist, muss er wissen was er tut", erwiderte sie ernst.

„Für persönliche Gefühle ist hier kein Platz."

Chrissy sah sie wütend an.

„Das sagt die Richtige! Was ist mit dir und Jeffrey? Wenn er mit einer anderen schlafen würde, wie würdest du reagieren?"

Angesprochene seufzte genervt.

„Wenn es der Mission dient."

„Ach komm mir nicht damit!", platzte es aus Chrissy heraus.

„Als würde es dich kalt lassen."

Ruckartig stand die schöne Latina auf.

„Gute Nacht."

„Gehst du jetzt, weil ich Recht habe?"

Lange sahen sich die zwei an, bis William sich abwandte und wortlos die Tür hinter sich schloss, als sie das Zimmer verließ.

In dieser Nacht schlief Chrissy schlechter als in der nach ihrer Entführung vor einigen Monaten.

Kapitel 9

Williams Bruder

Chrissy wurde durch einen lauten Schrei aus dem Schlaf gerissen. Gequält öffnete sie ihre smaragdgrünen Augen und fand sich im Dunkel wieder, nur ein kleiner Lichtstrahl kam durch den Türspalt des fensterlosen Raumes.

„Wieso schleppst du uns einen Pimp ins Haus, spinnst du?"

„Beruhige dich mal, er ist mein Bruder."

Waren das nicht Domi und William, die sich da stritten? Sie hatte einen Bruder?

„Er ist der Boss einer der bekanntesten Straßenbanden von Los Senderos. Der wird derzeit von den Cops gesucht und du lässt ihn hier unterkommen?"

„Für ein paar Tage."

„Was soll der Stress, du blonde Pissnelke?"

Eine dritte Person mischte nun mit, wobei es sich um Williams Bruder handeln musste.

„Ey, darauf hab ich echt Null bock."

„Ist schon gut", beruhigte ihn William, dann schien sie wieder mit Domi zu reden.

„Er wird uns schon keinen Ärger machen und er bleibt auch nur, bis er seine gefälschten Papiere hat."

„Länger halte ich es mit der Schlampe auch nicht aus", knurrte der Zuhälter abfällig.

„In zwei Tagen bin ich weg aus dieser Pussy-WG."

„Bis dahin bleib ich bei Jeffrey!", entgegnete Domi und verließ mit einem lauten Türschlag die Wohnung.

Dass Domi in der Zeit bei Jeffrey schlafen würde, dürfte William nicht gerade gefallen, doch die Situation mit ihrem Bruder schien für die Latina so wichtig zu sein, dass sie das wohl oder übel in Kauf nahm.

Chrissy hatte Mitleid mit William und unweigerlich kam ihr das sehr kurze Gespräch des letzten Abends in den Sinn.

„Gibt es hier noch mehr von diesen respektlosen Weibern, oder wars das?"

William schien dazu lieber Schweigen zu wollen und vermutlich wusste sie, dass es doch noch zu mehreren Reibereien kommen würde. Chrissy für ihren Teil legte sich nicht mit diesem Kerl an, er war ihr jedoch jetzt schon unsympathisch.

Verdutzt blickte Chrissy auf, als sich die Tür öffnete und plötzlich ein dunkelhäutiger Mann mit Dreitagebart und Sonnenbrille vor ihr stand. Sie muss vorhin wohl wieder eingeschlafen sein, denn als sie auf die Uhr sah, war es bereits Zwölf.

Chrissy suchte nach einer Erklärung, warum in ihrem Zimmer ein fremder Mann stand, bis sie sich erinnerte, dass es sich hierbei wohl um Williams Bruder handeln musste.

„Das ist jetzt mein Bereich, verpiss dich."

Verwirrt sah ihn die Peanutbutter an. War das sein Ernst? Er warf sie aus ihrem eigenen Zimmer?

„Hast du nicht gehört? Das hier ist jetzt mein Raum!"

Die Peanutbutter quietschte auf, als der Kerl ihr die Decke wegzog und sie an den Beinen aus dem Bett zerrte. Total erschrocken blieb sie nur in Unterwäsche bekleidet, auf dem kalten Teppichboden liegen und sah dabei zu, wie Williams Bruder sich in voller Montur auf ihr Bett warf, seine Schuhe abstreifte und es sich bequem machte.

Schnell richtete Chrissy sich auf. „Was soll das? Das hier ist nicht das Sofa!"

„Wer soll denn auf dem Drecksding schlafen? Und jetzt verschwinde."

„Das hier ist mein Zimmer", protestierte Chrissy.

„Hat William ihnen das nicht gesagt, oder was?"

Unbeeindruckt sah er zu dem Mädchen.

„Willst du meine verfickte Mutter spielen? Verpiss dich lieber."

Chrissy wollte ihm etwas entgegnen, doch sie schluckte ihre Beleidigungen herunter. Vielleicht war das auch besser so in Anbetracht der Tatsache, dass der Kerl auf ihrem Bett, bereits Anstalten machte aufzustehen, und vermutlich wäre die Sache dann nicht gerade glimpflich ausgegangen, denn er schien keiner von den netten Kerlen zu sein.

Schnell packte sie ihren kleinen Koffer zusammen und räumte ohne ein weiteres Wort ihr Gemach. Sie würde sich später bei William beschweren. Vielleicht.

Bei einem kurzen Blick in Tix´ Zimmer konnte Chrissy erkennen, dass das chaotische Mädchen noch immer tief und fest schlief. Es war wohl noch eine lange Nacht gewesen. So schnell würde sie wohl keine Drogen mehr anrühren. Sonst war aber niemand mehr da.

Gerade auf den Weg zum Sofa klingelte es und sofort war Chrissy wieder im Flur, vergewisserte sich, wer auf der anderen Seite der Tür stand und öffnete sie dann.

Eine Hand schnellte hervor, packte sie am Arm und schob sie zurück in das Apartment, wo sie gegen die Wand gedrückt wurde und eine Knarre dicht vor ihrem Kopf schwebte. Doch die Peanutbutter hatte das kommen sehen und agierte schnell, in dem sie den Arm mit der Waffe packte, dem Angreifer in die Kniekehle trat, sich befreite und die Waffenhand leicht verdrehte und auf den Rücken des Gegners fixierte, um ihn nun gegen die Wand zu drücken. Kurz verharrte sie so, ehe sie den Besucher gehen ließ.

„Was willst du hier?", fragte Chrissy mürrisch an ihren Mentor gewandt. Sofort schoss das Bild von ihm und der schönen Frau im Vanilla Unicorn durch den Kopf. Sie verdrängte den Gedanken sofort.

„Du bist etwas besser als letztes mal", meinte Aki grinsend, drehte sich um und sah an der Peanutbutter hinab.

„Oh! Also wenn ich immer so begrüßt werde, komme ich gerne vorbei."

Chrissy sah verwirrt an sich herab, schloss für einen Moment die Augen und atmete tief durch. Sie hatte total vergessen, dass sie fast nichts trug.

„Fick dich", folgte ihre Reaktion danach.

„Also, was willst du hier?"

Er lachte dunkel und musterte sie noch einmal eingehend.

„Ich überlege gerade noch."

„Dann kümmer dich zumindest zuerst um mein Problem!" Mit diesen Worten packte Chrissy den Dunkelhaarigen am Arm und zog ihn mit in ihr Schlafzimmer.

Er kicherte dreckig, bis er den Schwarzen in Chrissys Bett erblickte. „Wer ist das?"

Williams Bruder öffnete die Augen.

„Sagte ich nicht, du sollst dich verpissen, Schlampe? Und wer ist das?!"

Aki sah zuerst ihn, dann sie geschockt an, doch Chrissy winkte sofort ab. „Es ist nicht wie du denkst. Er hat mich eben aus meinem Bett geworfen und es für sich beansprucht. Das ist übrigens Williams Bruder."

„Sie hat einen Bruder?"

„Ja, du Penner und jetzt verzieht euch!"

Aki seufzte und mit den Worten „Chrissy zieh dir was an und komm mit", ging er aus dem Raum. Perplex blieb die junge Frau jedoch an Ort und Stelle.

Er wollte ihr nicht mal helfen?

Ein Blicktausch mit dem Fremden und Chrissy lief Aki murrend nach.

Zehn Minuten später folgte die Ostküsten-Schönheit dem Akinator nach unten, wo sie, wie Aki sagte, eine Überraschung erwarten würde. Doch das einzige was sie sah, war sein Motorrad, auf welches er stolz zeigte.

„Und, wo ist jetzt diese sogenannte Überraschung?", fragte sie ihn ungeduldig. Immer noch zeigte Aki auf die Maschine.

„Na, hier!", sagte er.

„Wir hatten ja besprochen, dass du ein Motorrad bekommen solltest."

„Und da schenkst du mir deins?"

Er schnalzte mit der Zunge.

„Quatsch, meine Bati steht bei mir in der Garage. Das hier ist dein eigenes Motorrad."

Chrissy blinzelte mehrmals.

„Aber es sieht aus wie deins!"

„Du kannst es auch umlackieren lassen, wenn es dir nicht gefällt." Er schien beleidigt und geknickt.

„Nein!", sagte sie blitzartig.

„Es sieht klasse aus!"

Er grinste schelmisch stolz wie ein kleiner Junge.

„Ich hab ja auch Geschmack."

Darüber ließ sich zwar so manches mal streiten, doch dieses mal beließ die Peanutbutter es dabei. Immerhin hatte er ihr gerade ein Motorrad geschenkt und so wie sie Aki kannte, war es noch dazu voll aufgetunt.

„Ich hab gestern noch mitbekommen, dass Tix und du keine Zeit mehr hattet eins zu kaufen und da dachte ich, ich mach das", erklärte er ihr.

„Der Mechaniker hat die Nacht durchgearbeitet."

„Und deine Mission?"

Sein Lächeln verschwand und eine undurchdringliche Maske aus Emotionslosigkeit blieb. Doch nur kurz, dann fing er sich schnell wieder und setzte das Bubengrinsen auf.

„Willst du ‚ne Runde fahren?", fragte er ablenkend.

„Ich meine, sie sieht zwar super aus, aber was nützt dir ein voll aufgetuntes Motorrad wenn du es nicht fährst?"

„Ähm. Was ist mit Williams Bruder? Tix ist ganz alleine mit ihm und…"

„Keine Angst, Tix kann gut auf sich aufpassen", sagte der Akinator schmunzelnd.

„Deshalb ja! Sie ist unberechenbar! Auch wenn der Kerl ein Arschloch ist, ich habe etwas Mitleid mit ihm."

„Ach, scheiß drauf! Steig auf den Ofen und lass uns mit dem Bike durchbrennen!"

Chrissy wurde rot um die Nase, doch sie stieg auf das Motorrad und setzte sich den Helm auf, den Aki an den Lenker gehängt hatte. Dieses mal nahm Aki hinter ihr platz.

„Du weißt doch, wie man Gas gibt, oder?"

Fragte er sie das gerade wirklich?

„Natürlich", fuhr ihn Chrissy an.

„Ist ja nicht so, als wäre ich noch nie selbst mit ´ner Maschine gefahren!"

Nur, dass das Bike vermutlich nicht so schnell fuhr und es kein Motorrad, sondern ein Roller war und, dass sie auch nicht den richtigen Führerschein besaß, der im Bundesstaat San Sebastian zulässig wäre.

Das konnte ja noch heiter werden.

Kapitel 10

FIB

„Scheiße ist das! Versteht ihr was das für Techscalibur zu bedeuten hat? Durch Barret hatten wir eine Verbindung zum FIB, konnten mit ihnen einen Deal abschließen, aber sein Posten wurde neu vergeben und der neue Chef der Abteilung hat Wind von der Sache bekommen! Er lässt uns bald auffliegen und dann werden wir keinen Schritt, keinen Atemzug mehr machen können, ohne nicht befürchten zu müssen abgeknallt zu werden. Wir werden landesweit, vielleicht sogar weltweit gesucht! Wir müssen das verhindern!"

Der Boss der Techscalibur-Crew hielt inne, sah seine Freunde an.

„Durch die gute Arbeit von Aki wissen wir, dass in vier Tagen ein Treffen stattfinden wird, bei dem die Bombe platzen soll. Alle hohen Ränge des FIBs werden da sein. Ich schleuse drei von Euch als einfache Mitarbeiter dort ein und verlange von diesen drei Leuten, dass sie ohne großes Aufsehen zu erregen den neuen Chef ausschalten, bevor er uns auffliegen lässt. Es ist nicht einfach und wir werden dennoch viele Schwierigkeiten bekommen, doch ich sage Euch, alles ist besser als da draußen auf der Straße beim Einkaufen von FIB-Agenten getötet zu werden!"

Zustimmendes Gemurmel.

„Für diese Mission kommen nicht viele von Euch in Frage, da man unsere Gesichter kennt. Deshalb will ich, dass Tixer, Chrissy und William die Aufgabe übernehmen."

Er sah die drei Mitglieder der Reihe nach an.

„Ich habe iDechs bereits informiert und ihr werdet eine neue Identität annehmen und gefälschte Ausweise für das FIB erhalten, die nicht von den richtigen zu unterscheiden sind. Man wird vermutlich mit einem Angriff rechnen, daher werden die Sicherheitsvorkehrungen höher sein als üblich. Ihr habt nur eine Chance die Zielperson auszuschalten und das

Gebäude relativ zügig zu verlassen ohne große Spuren zurück zu lassen. Wenn euch das nicht gelingt, werden sie euch ohne zögern abknallen. Um eine bestimmte Uhrzeit wird Tristler für euch mit einem Helikopter über dem Gebäude fliegen, der euch aus Los Senderos raus bringt. Er wird nicht lange dort warten und ist die Zeit abgelaufen fliegt er weiter, mit oder ohne euch. Soviel dazu. Jeffrey, Engl, Chris und Domi? Ihr werdet von dem Nachbargebäude aus die Situation so gut es geht im Auge behalten und aus der Entfernung handeln wenn es nötig ist. Em wird für den Notfall dafür sorgen, dass unser Jet bereit steht. Aki weiß bereits was er zu tun hat und ich werde dafür sorgen, dass ihr da alle heil wieder raus kommt. Sollte dennoch alles aus dem Ruder laufen, dann zieht der Außenposten sich zurück."

Chrissy schluckte bei diesem Auftrag, der sich nach Leben oder Tod anhörte. Das wäre dann ihre zweite, wenn man es so sah ihre erste, richtige Mission und dann war es auch gleich so etwas. Doch sie war entschlossen über sich hinaus zu wachsen.

Tage später war es dann soweit. Chrissy hatte noch für spezielle Situationen mit Aki, Tixer und William geübt und sah sich nun reichlich vorbereitet und mit dem toughen Girl an ihrer Seite fühlte sie sich ziemlich sicher.

Chrissy würde ihr die Rolle als Agentin glatt abkaufen, hatte sie immerhin diesen ernsten Ton, der sofort Respekt einflößte. Auch ihr schwarzer Hosenanzug ließ sie noch autoritärer aussehen.

Chrissy dagegen fühlte sich unwohl in ihrem Blazer, der weißen Bluse und dem Bleistiftrock. Sie fand nicht gerade, dass sie aussah wie eine Mitarbeiterin des FIB. Nur der kleine Ausweis ließ davon etwas erahnen.

Tixer dagegen schien in dessen Rolle ganz aufzugehen, auch wenn er nichts sagen konnte. Mit seinem dunkelgrauen Anzug und der schwarzen Sonnenbrille schaute er eher aus wie einer des MIB, der sich jeden Moment einem Alien gegenüber sah. Unnötigerweise tat er auch so, als er Chrissy musterte.

Bojan ging mit seiner Crew alles Nötige genauestens durch, wiederholte jedes Detail mehrmals, damit nichts aus blieb.

Am Ende war Chrissy fast schon froh, endlich in dem schwarzen FIB-Wagen zu sitzen und kurz durch zu atmen.

„Hast du alles verstanden?", fragte sie William vom Beifahrersitz aus, und Chrissy nickte deutlich, was die Latina im Rückspiegel erkannte.

„Gut", sagte sie.

„Das hier ist kein Spiel, sondern bittere Realität. Machen wir einen Fehler sind wir tot."

„Ich weiß."

William drehte sich zu der Schwarzhaarigen auf den Rücksitz. „Wenn wir da drin sind, bleibst du entweder bei mir, oder in Tixer Nähe, ist das klar?"

Chrissy nickte.

„Keine Alleingänge, weder von dir noch von Tixer!"

Beide nickten.

„Und sobald man sich euch gegenüber suspekt verhält, seid auf alles gefasst."

Wieder nickten Tixer und Chrissy.

William wirkte dennoch nicht zufrieden, im Gegenteil, sie sah ziemlich angespannt aus. Aber das war verständlich.

Im Downtown von Los Senderos angekommen stoppten sie zwischen den Towern der IAA und des FIB, zwei verfeindeten Organisationen.

Sie parkten ihr Fahrzeug an einem Wegrand, an dem zwei weitere FIB-Autos standen und stiegen aus.

Unauffällig verbarg William noch ihre Waffe unter ihrem Blazer und Tixer warf sich noch einen Trenchcoat um.

Zu dritt schritten sie dann zum Eingang des FIB-Gebäudes. Die Eingangshalle war für so einen wichtigen Tag verhältnismäßig leer, doch das konnte auch täuschen. Zuerst passierten sie eine Sicherheitskontrolle, wo sie ihre Waffen abgeben mussten, doch nachdem man ihren Ausweis kontrolliert hatte, bekamen alle drei ihre Utensilien zurück.

William schritt voran, direkt auf einen der Fahrstühle zu. Die ersten Etagen lagen da frei betretbar, doch je höher sie fuhren, desto wichtiger schienen die Personen zu werden, die mit in den Fahrstuhl stiegen, und irgendwann waren sie gezwungen umzusteigen.

Doch da tat sich auch schon das erste Problem auf. Es befand ein Kartenscanner an dem Lift, in den sie wohl nicht ohne einen Freifahrtschein rein kamen.

Doch das war anscheinend überhaupt kein Problem für Tixer, der prompt eine Karte höherer Priorität in den Händen hielt.

„Nice", grinste William.

Es dauerte lange, bis sie in den höheren Büroräumen ankamen, Chrissy konnte die vielen Etagen kaum zählen und die Zeit, die im Fahrstuhl verging schien endlos.

„So, wir teilen uns auf. Chrissy geht mit mir, Tixer du fährst weiter."

Landei und William verließen den Aufzug und sahen sich aufmerksam um.

Einige Mitarbeiter saßen an ihren Schreibtischen und tippten abwesend auf ihren Tastaturen herum und blickten gelangweilt auf die Monitore.

Ein untersetzter Mann kam auf die zwei Frauen zu und grüßte sie freundlich. „Sie müssen die zwei Neuen sein, oder? Agent Stark und Agent Williams. Es freut mich, sie in unserer Abteilung begrüßen zu dürfen. Mein Name ist Johnathan Palmer, ich bin ihr Ansprechpartner für allerlei Fragen. Vermutlich haben sie bereits davon gehört, dass heute ein Meeting von höchster Priorität stattfindet, weshalb ich mir von ihnen ein ruhiges Verhalten erhoffe. Wenn sie fragen haben, dann scheuen sie jedoch nicht davor zurück einen Mitarbeiter anzusprechen.“

Nach einer kleinen Einführung was für die zwei neuen Agenten zu tun sein, verabschiedete Mr. Palmer sich schnell wieder.

„Easy going", flüsterte die Dunkelblonde, nahm einen Stapel von dem Papier, welches auf einem der Rolltische abgelegt war, und schritt zielsicher durch den langen Gang.

Chrissy machte es ihr einfach nach.

So ging das eine Zeit lang, von Gang zu Gang, von Raum zu Raum, suchten sie nach der Zielperson, erledigten nebenbei noch ihre Aufgaben die sie von Jonathan Palmer aufgetragen bekommen hatten.

Solange bis Chrissy William aus den Augen verlor. Etwas aufgeregt lief sie den Gang zurück, doch keine Spur von ihrem Teammitglied. Unsicher entschloss sie sich, einen Stockwerk höher zu fahren und Tixer zu suchen, in der Hoffnung dort auch William an zu finden.

Doch selbst nach zwanzig Minuten und zwei weiteren Stockwerken war keiner der zwei zu sehen, also entschloss Chrissy sich, sich an einen der anderen zu wenden, mit den sie per Mikro verbunden war. Dafür begab sie sich jedoch zuerst auf die Toilette.

Da man ihr gezeigt hatte, wie sie Kontakt aufnahm, war das eher ein leichtes. Schnell schilderte sie ihre Situation, als sich Aki plötzlich meldete, anstelle von Jeffrey oder Bojan.

Sie hörte den Akinator leicht genervt seufzen, dann ließ er ein Lachen vernehmen. „Wo bist du gerade?"

„Auf der Toilette."

„Hm. Was hast du gerade an?"

„Das ist jetzt wohl nicht der richtige Zeitpunkt."

Er lachte, doch Chrissy fand diese Situation ganz und gar nicht lustig. Hatte Aki vergessen was denn auf dem Spiel stand?!

„Welches Stockwerk?", ertönte es in ihrem Ohr.

„Ist das so wichtig?"

„Soll ich dir jetzt helfen, oder nicht?"

„Ich glaube es war das 49. Stockwerk. Was soll ich jetzt machen?", fragte sie in das Mikro.

Er hatte die Verbindung bereits unterbrochen. Chrissy fluchte. Panik machte sich in ihr breit.

Vorsichtig trat sie aus der Kabine und ging, nachdem sie sich etwas Wasser ins Gesicht spritzte, zurück in den nun belebten Gang.

„Hey, sie!" Chrissy erstarrte für einen Moment, drehte sich dann jedoch um.

„Ja, bitte?"

Unsicher sah sie den Mann vor sich an, während er streng auf sie herab blickte. Er sah auf ihre Marke.

„Ah, Mrs. Stark. Guten Tag", grüßte er sie. In Chrissys Gesicht bildete sich pure Verwirrung.

Er hielt ihr die Hand hin.

„Mein Name ist Hess. Norman Hess. Mein Vorgesetzter schickt mich, man sucht bereits nach ihnen."

Die Peanutbutter zögerte eine Sekunde, erwiderte dann jedoch einen Händedruck. Ein Fehler.

Sie hatte die Waffe in der Rechten des FIB-Agenten zu spät entdeckt.

„Bleiben sie ruhig, sie wollen doch kein Aufsehen erregen, oder? Sie folgen mir jetzt ohne Widerstand."

Die Schwarzhaarige tat wie geheißen. Er lief hinter ihr, die Waffe in ihren Rücken gedrückt.

„Nur keine falsche Bewegung, klar?", flüsterte er ihr ins Ohr, entdeckte dabei wohl ihren Kopfhörer und entfernte ihn.

„Den brauchen sie wohl nicht mehr.

Sie fuhren mit dem Aufzug weiter nach oben, in die letzte Etage vor dem Konferenzraum. Vor einer Tür mit einem goldenen Namensschild blieben sie stehen, doch Zeit um den Namen darauf zu lesen hatte Chrissy nicht, da wurde sie schon in den Raum gestoßen.

Als Erstes entdeckte jene einen ohnmächtigen Tixer, der an einen Stuhl gefesselt war. An seinem Kopf befand sich eine riesige Platzwunde, aus der noch immer Blut quoll, während er am Arm zahlreiche Einschnitte hatte, die von einem Messer herrührten, welches unbarmherzig in seinem Oberschenkel steckte. Chrissy konnte nicht mehr atmen.

Mehrere Männer standen im Raum, alle in schwarze Anzüge gehüllt, einer von ihnen saß an einem breiten Birkenholzschreibtisch auf einem edel glänzenden Ledersessel, neben ihm postierte sich ebenfalls eine Type. Kalt blitzten sie die braunen Augen der

Person über die schwarze Sonnenbrille hinweg an, die dunklen Haare klebten wie immer leicht zurück gegellt, nur war er dieses mal ebenfalls in einen schwarzen Anzug gekleidet.

Dachte die junge Peanutbutter, beim Anblick von Tixer schon geschockt zu sein, so verfiel sie nun in eine regelrechte Schockstarre.

„Hallo, Chrissy", grüßte er sie mit dunkler Stimme, mit der sein Südstaatenakzent noch mehr hervordrang.

„Nein."

Kapitel 11

Gescheitert?

„Aki, was!"

Chrissy wurde grob am Arm gepackt und zurückgezogen, als sie versuchte, auf Aki zuzugehen.

„Was tust du hier? Solltest du nicht bei Bojan sein?"

Ein Grinsen schlich sich auf Akis Gesicht, doch eine andere Stimme erhob sich.

„Um den würde ich mir mal keine Gedanken machen, Mädchen."

Es war der Mann am Schreibtisch. Langsam stand er auf, richtete sich dabei seine Krawatte und sah den Akinator an.

„Du hast gute Arbeit geleistet, mein Freund. Dich auf Techscalibur anzusetzen war die beste Idee, die das FIB haben konnte."

„Danke, Sir."

Chrissy stand der Mund offen. Aki arbeitete für das FIB?

„Das ist nicht wahr, oder?"

Aki seufzte tief. „Wie soll ich es dir erklären? Das FIB hatte mir letztendlich mehr zu bieten."

„Genug jetzt, ich habe ein dringendes Meeting. Bring es zu Ende", kam es vom Vorsitzenden.

Der Dunkelhaarige kam auf sie zu und noch immer war sie in den Griffen der FIB-Agenten, weshalb die Peanutbutter sich auch nicht wehren konnte. Jetzt, als der Akinator ihr die Faust in die Magengrube rammte, so dass ihr sämtliche Luft aus den Lungen wich und sie zu Boden ging, als die Mitarbeiter sie losließen. Mit Schmerzen krümmte Chrissy sich da unten, die emotionslosen Blicke des Anderen auf ihr.

„Warum?", keuchte Chrissy und versuchte aufzustehen.

„Warum, was?"

„Warum tust du das?"

Chrissy hustete, war jedoch nun wieder auf den Beinen.

„Warum verrätst du uns?"

„Ich verrate Euch?! Schon sehr früh war Bojan es, der mich verraten hat! Er hat mich erpresst, mir Schuldgefühle bereitet und mich damit zu manipulieren versucht! Ich musste Dinge tun, die ich nicht wollte!"

Chrissy erinnerte sich an das Gespräch zwischen Aki und Bojan, bei dem sie und Tix gelauscht hatten.

„Du meinst die Sache mit der Frau im Vanilla Unicorn?"

Mit hasserfüllten Augen sah er auf sie herab.

„Es war noch lange nicht die Spitze des Eisbergs, aber..."

Er schüttelte den Kopf, änderte die Richtung der Unterhaltung.

„Der Direktor des FIB genießt gerne mal Beischlaf mit dieser Frau und plaudert danach mit ihr über seine Arbeit. Bojan hat sich zu nutze gemacht, dass die Frau gefallen an mir fand und mit ihr einen Deal ausgehandelt! Ich hatte nicht mal eine andere Wahl."

Chrissy hatte zwar eine Ahnung davon, doch die Wahrheit erschlug sie bitterlich. Am liebsten hätte sie Aki in den Arm genommen und ihn getröstet, doch er schien unberührt von seinem Schicksal.

„Doch was Bojan nicht wusste war, dass ich zu jeder Zeit gut mit dem FIB in Kontakt stand. Das wurde euch heute zum Verhängnis."

„Jetzt bring es zu Ende, mein Junge, der Direktor wartet nicht gerne."

„Ja, Sir."

Chrissy entfernte sich von den Agenten und zog in einem Moment der Unachtsamkeit ihr Messer.

„Lässt es dich ehrlich kalt, wenn du deine Freunde auslieferst? Jeffrey, Tixer und alle Anderen?"

Kurz schien er mit sich zu hadern, doch dann legte sich wieder Gleichgültigkeit in seinen Blick. „Lass das Messer fallen, Chrissy."

Sie hielt es vor sich, bereit sich zu verteidigen, wenn es sein musste. Ihr Blick flog von Aki hin zu den Agenten und wieder zurück.

Der Akinator kam abermals auf sie zu, unbewaffnet. Doch Chrissy wusste, dass er zum Töten keine Waffe brauchte. Nicht für sie.

Er drängte Chrissy auf die Wand zu und als sie diese in ihrem Rücken spürte, da schnappte er zu. Schnell fuhr seine Hand vor, versuchte, sie zu erwischen.

Die Schwarzhaarige wich zur Seite, schwang abwehrend das Messer.

Aki war die Ruhe in Person, er wusste, dass er ihr überlegen war.

„Zögere es nicht hinaus, Chrissy."

Tränen stiegen dem Mädchen ins Gesicht. Er würde sie wirklich töten? Einfach so?

„Ich habe dir vertraut! Immer!"

„Tja, war wohl ein Fehler, was?"

Er schnappte erneut nach ihr und dieses mal bekam er sie zu fassen. Grob packte er sie an den Haaren, als sie versucht hatte sich unter ihm hinweg zu ducken.

Er zog sie hoch, presste sie gegen die Wand und schlug ihr das Messer so hart aus den Händen, dass ihr Handgelenk ein schmerzhaftes Knirschen von sich gab, ehe er ihr den Ellenbogen in den Rücken rammte und sie an der Wand fixierte. Chrissy kannte diesen Griff von dem Training mit ihm und konnte genau bestimmen, was er als Nächstes tun würde, weswegen sie sich dieses Wissen zu nutze machte und ihn mit Tritten von sich stieß. Mit einem schmerzenden Handgelenk und einer Mischung aus Angst, Verzweiflung und Wut stürzte sie sich auf den Verräter. Sie gerieten schnell in eine Rauferei, bei der er sofort wieder die Überhand gewann und sie erneut zu Boden trat. Doch der kurze Kampf hatte auch bei ihm Spuren hinterlassen. Sein perfektes weißes Hemd hatte einige rote Tropfen seines Blutes abbekommen, als Chrissy ihm einen saftigen Schlag auf die Nase gab und diese zu rinnen begann. Keiner der umstehenden Personen mischte sich ein und das war auch nicht nötig gewesen.

Aki taumelte etwas zurück, als er mit Chrissy fertig war und sie sich nicht mehr regte. In ihm herrschte ein Chaos wie schon lange nicht mehr, doch er musste das alles durchziehen. Er hatte geschworen, er würde seine Mission erfolgreich absolvieren.

Langsam wie in Zeitlupe spielte sich die Szenerie ab, als er das Messer von Chrissy aufhob und mit diesem auf sie zu ging, sich vor sie hinkniete und es ihr vor ihr blasses und mit Schrammen versehenes Gesicht hielt. Sie rührte sich nicht und schien so gut wie bewusstlos zu sein. Es war auch besser so.

Er spielte mit dem Messer in Händen, seufzte tief und erhob sich wieder.

„Die macht uns keinen Ärger mehr, Sir", sagte er an seinen Vorgesetzten gewandt, mit einem letzten Blick zu Chrissy.

„Ich will nichts riskieren. Darnell, fesseln sie das Mädchen", wies er einen der Agenten an, während er über Chrissy hinweg trat und zur Tür stolzierte.

„Sollen sich später die Jungs der Spezial-Einheit um die zwei Störenfriede kümmern."

„Ja, Sir!"

Darnell tat sofort wie ihm aufgetragen.

„Und sie, Aki, kommen mit mir."

„Ja, Sir."

Aki sah nicht zurück als er den Raum in dem Tixer und Chrissy lagen verließ. Doch der schwerste Teil seiner Mission war bestanden, jetzt konnte ihn nichts mehr aufhalten.

20 Minuten später:

Chrissy hörte eine Stimme, die sie zu rufen schien, doch diese war brüchig und schwach. Trotz des Dämmerzustandes in dem sich die Peanutbutter befand konnte sie genau bestimmen, dass sie diese Stimme noch nie zu vor gehört hatte.

Der Ton holte sie langsam wieder zurück. Ihr ganzer Körper schmerzte, als sie versuchte, sich zu bewegen, dann merkte Chrissy, dass sie gefesselt wurde. Jetzt hörte sie auch den Lärm, der außerhalb des Raumes veranstaltet wurde. Schnelle Schritte, laute Rufe.

„Chrissy."

Wieder die Stimme.

Die Angesprochene versuchte, ihren Kopf zu drehen, was ihr nur halb gelang. Sie blickte auf die Füße des an einen Stuhl gefesselten Tixer, doch er konnte unmöglich der sein, dem diese Stimme gehörte.

„Tixer?"

Er stöhnte gequält auf. „Was?"

Nun, trotz der Schmerzen und der Fesseln, rollte sie sich herum und blickte in die ramponierte Visage von Tixer.

„Du redest?"

Der Rothaarige lächelte halbherzig, ehe er das Gesicht wieder vor Schmerzen verzieht.

„Kannst du dich..."

Er brach ab und hustete einen Schwall Blut.

„Kannst du dich von den Fesseln befreien?"

Tixer sah aus, als würde er jeden Moment sterben und um diese Sorge reicher versuchte sie alles, um die Fesseln zu lösen. Mit einem Messer wäre es einfacher gewesen, doch Aki musste es mitgenommen haben, weshalb es zwar länger dauerte, Chrissy es aber letztendlich schaffte. Ohne auf ihre eigenen Schmerzen zu achten, hangelte sich die Peanutbutter am Schreibtisch hoch und humpelte auf Tixer zu, um auch ihn von den Fesseln zu befreien. Just in diesem Moment betrat eine weitere Person den Raum.

„Gut, ihr lebt noch!"

„William!"

Chrissy sammelte ihre letzte Kraft und warf sich in die Arme der Dunkelblonden.

„Dir ist nichts passiert!"

„Ich wurde von irgendeinem Trottel überwältigt und in eine Abstellkammer gesperrt. Was ist mir euch passiert, verdammt?"

„E-es war Aki. Die ganze Zeit hat er für das FIB gearbeitet", brachte Tixer gerade so hervor, ehe er wieder stark hustete.

William schwieg, doch auch in ihren Augen konnte man sehen, wie schlimm das für sie war.

„Wir haben keine Zeit, die Mission ist gescheitert. Wir müssen sofort raus hier!", murmelte William, eilte zu den Fenstern und öffnete eines davon.

Chrissy sah sie aus geweiteten Augen an. „Wir sollen da hinaus springen?"

„Falsch. Wir klettern auf das Dach und warten bis Tristler mit dem beschissenen Heli da ist."

„Aber Tixer ist verletzt, er kann unmöglich in dem Zustand klettern!"

„Dann muss er hier bleiben."

„Nein!"

Tixer versuchte aufzustehen, wobei Chrissy ihm half.

„Ich krieg das hin!"

William nickte ihm zu und kletterte aus dem Fenster.

„Es ist nur ein Meter bis zum Vorsprung, das schafft selbst ihr."

„Da bin ich mir nicht so sicher", murmelte Tixer mit einem verstohlenen Blick zu Chrissy, die nur stutzig zu ihm zurückblickte.

„Was?", fragte der Rothaarige.

„Beeilt ihr euch jetzt mal? Ich will wegen euch nicht drauf gehen!"

Chrissy half Tixer aus dem Fenster und wartete bis William ihn von etwas weiter oben gepackt und zu sich gezogen hatte, ehe auch sie auf den kleinen Vorsprung kletterte, sich mit beiden Händen am Rahmen festhaltend.

Doch keiner hatte mit den zwei Agenten gerechnet, die das Mädchen von hinten packten und versuchten, sie wieder zurückzuziehen. Chrissy wehrte sich, trat nach den Männern, doch niemand ließ wirklich locker.

William reichte Chrissy sofort die Hand, welche sie dennoch nur zögerlich packte, aus Angst das Gleichgewicht zu verlieren, sollte sie loslassen.

Einer der Agenten fiel bei ihrem letzten Tritt aus dem Fenster und verschwand in der Tiefe, der andere schien aufgegeben zu haben.

Chrissy wollte eigentlich nicht nach unten sehen, doch als sie Williams Hand hatte, da wagte sie einen Blick und hätte sich dafür ohrfeigen können.

Kaum ein Auto, geschweige denn ein Mensch war dort unten auszumachen, nur der graue Asphalt und Punkte die Bäume darstellen sah man. Chrissy drückte Williams Hand fester.

„Bitte lass mich nicht fallen", flüsterte sie bei dem Blick in den Tod und schloss dann die Augen. William zog sie soweit hoch, wie es ging und als Chrissy dann nach der Kante des Vorsprungs griff, konnte sie so schnell wie noch nie klettern.

Froh nicht losgelassen worden zu sein, ließ die Peanutbutter sich auf den sicheren Boden plumpsen und blieb dort mit Schnappatmung erstmal sitzen. Nun begann auch ihre Hand wieder zu schmerzen, doch in der Panik, hatte sie das kaum beachtet.

Doch die Ruhe blieb nicht lange. Eine Tür schwang auf und mehrere FIB-Agenten stürmten das Dach, die Waffen auf die drei Techscalibur-Mitglieder gerichtet.

William stürmte auf sie zu, trat und schlug nach ihnen und warf einen nach dem anderen vom Gebäude. Schreien fielen sie in die Tiefe.

„Los, die Leiter!", schrie William Tixer und Chrissy an, die daraufhin sofort zu jener stolperten und diese empor kletterten, gleich darauf folgte ihnen auch die dunkelblonde Schönheit.

Nicht weit entfernt konnte man schon die Rotoren eines herannahenden Helikopters hören. Auf die Sekunde genau.

Chrissy kletterte auf der anderen Seite wieder herunter und hastete über das Dach, an einer Kuppel aus Glas vorbei, worunter sich ein Saal befand und viele Menschen an einem langen

Tisch platz genommen hatten, wie sie flüchtig erkannte.

Als ein Schuss fiel stoppte sie sofort und sah, dass sich Panik breitgemacht hatte. Viele sprangen von ihren Stühlen auf, Schreie drangen durch das Glas. Zwischen mehreren FIB-Agenten konnte sie auch Aki und die Zielperson ausmachen. Doch jene war tot.

Sie lag in einer riesigen Blutlache, um sie herum die Agenten, zwei von diesen hatten sich Aki zu gewandt, die Knarren auf ihn gerichtet bereit den Abzug zu betätigen.

Der Akinator hatte die Hände erhoben, ein Lächeln lag auf dessen Lippen, eine Waffe lag auf dem Boden neben ihm. Es schien, als hätte er seinem Vorgesetzten eine Kugel gezielt durch den Kopf geballert.

Hinter ihr nahm sie den Helikopter wahr, der nur noch auf sie zu warten schien. Sie hörte William nach ihr rufen.

Aber sie konnte den Blick nicht von der Szenerie abwenden und plötzlich schreckte sie auf. Aki schaute sie direkt an, als hatte er gewusst, dass sie dort oben stand und ihn beobachtete.

Dann fielen zwei weitere Schüsse, er schloss die Augen und Chrissy wurde grob weggezogen. Sie brauchte nicht hinzusehen, um zu wissen, was geschehen sein musste.

„Wir haben dafür keine Zeit, beeil´ dich! Wir müssen weg hier Liebes!"

Etwas später fand Chrissy sich im Helikopter wieder, neben sich Tixer der sie geschockt anschaute, so wie William, die sie besorgt musterte.

Etwas Warmes tropfte der Schwarzhaarigen auf ihre verkrampften Hände. Zuerst dachte sie, es sei Blut, doch sie irrte sich. Es waren ihre Tränen.

Kapitel 12

Zwei Lager

„Das wird wieder", hörte Chrissy den Arzt der Crew sagen, der sich gerade daran machte ihre Hand zu verbinden.

„Es ist nichts gebrochen."

Außer Chris, Chrissy und ein schlafender Tixer war niemand mehr im Raum, welcher zu dem Versteck in Sandy Shores gehörte, das sie sofort nach ihrer Flucht vor dem FIB aufgesucht hatten. Bojan hatte eine Versammlung einberufen, gleich nach dem auch er eingetroffen war.

Die Peanutbutter hatte ihn nur kurz gesehen, als er sich nach ihr, William und Tixer erkundigt hatte und da wirkte er mehr als nur erschüttert über die jüngsten Ereignisse.

Chrissy schluchzte.

„Ich hab es verbockt, Chris."

Der Doc schaute zu ihr auf, nachdem er ihr mit einer Klammer den Verband befestigte.

„Du hast nix falsch gemacht. Keiner konnte wissen was Aki für ein Wichser ist, yo! Wir hatten echt Glück, dass ihr da heil raus gekommen seid. Mehr oder weniger."

Er blickte zu dem Schlafenden, Chrissy tat es ihm gleich.

„Ohne William hätten wir es nicht geschafft", murmelte die Schwarzhaarige, den Blick immer noch auf Tixer, der die Hölle hatte durchmachen müssen.

„Hm. Willst du was gegen die Schmerzen?"

„Geht schon."

Der Arzt erhob sich aus seiner knienden Position und war auf den Weg zur Tür.

„Dann sollten wir auch zu den Anderen gehen. Was Bojan zu sagen hat, wird schon wichtig sein."

Chrissy folgte ihm, blieb dann jedoch nach nur wenigen Schritten stehen. Die gescheiterte Mission steckte ihr noch immer in den Knochen und ein flüchtiger Gedanke, den sie hatte, als sie da so auf dem Dach stand, ließ sie nicht mehr los.

Chris wollte die Tür gerade öffnen, als sie ihn aufhielt.

„Chris, kann ich dich was fragen?"

Er hielt inne, sah zu ihr zurück. „Klar."

„Du darfst es aber niemanden erzählen, ok? Ich glaube es würde falsch verstanden werden."

„Was denn?"

„Ich glaube.. Aki hat das heute nur gemacht, weil es sein Auftrag war... Von Bojan. Ich glaube er hat ihn erpresst, damit er sich dem FIB stellt."

Der Doc runzelte die Stirn.

„Das würde Bojan nie tun, yo! Aki ist ein Arschloch, der uns und vor allem

Bojan an das FIB verraten hat. Wozu hätte er dann euer Leben aufs Spiel gesetzt?"

„Ich hab gesehen wie Aki die Zielperson erschossen hat. Warum hätte er das tun sollen, wenn er zum FIB gewechselt ist?"

Chris schüttelte ungläubig den Kopf, öffnete die Tür und ließ Chrissy wortlos stehen.

Nach dieser Enttäuschung verließ auch die Peanutbutter den Raum und gesellte sich ebenfalls zu der restlichen Crew, die schweigend im Hauptraum standen und aufmerksam zu dem kleinen Fernseher in der Ecke starrten, auf dem gerade die abendlichen Nachrichten liefen.

Der Moderator berichtete vom ‚FIB-Vorfall' und nannte es ‚den Amoklauf eines Psychopathen'. Dabei sprach er von nur einer Person.

Doch gerade dann als ein Bild des Amokläufers eingeblendet wurde, wurde der Bildschirm schwarz. Bojan hatte die Nachrichten für beendet erklärt.

„Sie haben Techscalibur nicht mal erwähnt", murmelte ein perplexer Engl.

„Das ist gut, damit sind wir sauber aus der Sache raus", entgegnete Bojan.

„Trotzdem sollten wir die nächsten Tage abwarten und von der Bildfläche verschwunden bleiben."

„Ob Aki noch am Leben ist?"

„Das FIB versucht seine Maske stets zu wahren, sie werden ihn wohl am

Leben lassen müssen, um nicht in ein falsches Licht zu rücken."

„Er wird seine gerechte Strafe bekommen."

„Bojan, kann ich mal mit dir reden?"

Es war nur ein Flüstern, doch Chrissy konnte Chris in der Stille dennoch gut verstehen. Der Chef nickte ihm zu und beide verschwanden kurz darauf nach draußen. Sie ahnte schlagartig, was Chris mit ihm besprechen wollte und war im darauffolgenden Moment wütend auf ihn und den Boss. Auf Ersteren, weil er etwas erzählte, was sie ihm im Geheimen anvertraut hatte und auf Bojan, weil er zugelassen hatte, dass es so geendet hatte.

Jeffrey stellte sich neben die junge Peanutbutter und zwang sich ein Lächeln auf.

„Was ist los? Hey, Kopf hoch, es ist vorbei."

„Toll", murmelte sie nur.

„Mir geht es nicht so gut."

„Wegen der Hand? Ist sie gebrochen?"

Chrissy schüttelte den Kopf.

„Nur verstaucht. Ich sehe mal nach Tixer."

„Ihn hat es ja ganz schlimm erwischt. Ich hätte nie gedacht, dass Aki dazu imstande ist ihm so etwas an zu tun."

Als der Dunkelhäutige erkannte, dass es ein Fehler war über Aki zu sprechen entschuldigte er sich sofort, doch Chrissy hatte dazu nichts mehr zu sagen. Sie dachte genauso, glaubte jedoch nicht, dass der Akinator es aus freien Stücken gemacht hatte.

Vielleicht irrte sie sich auch und war nur zu naiv einzusehen, was für ein Monster Aki war.

Bei Tixer angekommen bemerkte sie, dass nicht nur sie die Idee hatte nach dem Rothaarigen zu sehen. William tauchte plötzlich wie aus dem Nichts hinter ihr auf, als sie an das Bett des Verletzten getreten war und beinahe wäre Chrissy das Herz stehen geblieben, so sehr hatte sie die Dunkelblonde erschreckt.

„Also, was ist los?", fragte die Schönheit plötzlich, verschränkte die Arme vor der Brust und sah sie mit einem Und-wehe-du-erzählst-mir-nicht-die-Wahrheit-Blick an.

„Was soll los sein?"

Sie zog eine Augenbraue in die Höhe.

„Es ist ja ganz schön viel passiert und dich scheint etwas zu beschäftigen. Erzähl es mir."

„Nein."

„Willst du dich mit mir anlegen? Du weißt, dass ich ungemütlich werden kann."

„Du verstehst das nicht", beharrte Chrissy darauf.

„Vielleicht verstehe ich es, wenn du es mir erzählst? Hm?"

William klang nicht so, als würde sie der Jüngeren drohen, sondern schien sie der Peanutbutter einfach nur helfen zu wollen.

„Was ist wenn Aki von Bojan gezwungen wurde so zu tun als würde er uns verraten?", platzte es endlich aus Chrissy.

„Das ist etwas weit her geholt, oder? Bojan schien selbst ziemlich geschockt zu sein."

Chrissy verzog traurig das Gesicht.

„Ich sagte ja, du verstehst das nicht."

„Ich verstehe das. Du mochtest Aki und willst nicht glauben, dass er das wirklich alles von sich aus getan hat. Aber ich vertraue Bojan blind und jemanden zu so etwas zu zwingen, das würde er niemals tun."

„Naja", kam es von der Tür.

Tix war hereingetreten und sah schuldbewusst zu den beiden Kolleginnen.

„Bojan hat Aki schon einmal dazu gezwungen etwas zu tun, was er nicht wollte."

„Hast du uns belauscht?!", zischte William empört, woraufhin die Neugierige einen Schritt zurücksetzte.

„Du redest so laut, dass man dich nicht überhören kann, wenn man mal zufällig an der Tür vorbei geht... Ganz dicht..."

„Du bist unmöglich", seufzte die schöne Latina.

Tix hob naseweis einen Finger.

„Um genau zu sein bin ich nicht unmöglich, denn ich existiere."

„Fragt sich wie lange noch, wenn du ständig deine Nase in Sachen steckst, die dich nichts angehen!"

„Ouh..." Geknickt neigte die Jüngste ihr Gesicht gen Boden.

„Um aber was aufzugreifen, was heißt, Bojan hat Aki schon einmal zu etwas gezwungen? Was war los?"

Fragend schaute William von Tix zu Chrissy und zurück.

„Hä?"

Tix und Chrissy erzählten William von dem Tag an dem Bojan und Aki ein sehr angespanntes Gespräch führten und am Ende verstummten alle drei und sahen sich an, darauf wartend bis einer die Stille durchbrach.

„Es würde erklären, warum ich so unantastbar durchs FIB spazieren konnte, ohne dass man mich erwischte. Aki wusste, dass wir zu dritt dort waren", stellte William fest.

„Oder es war ihm entfallen?"

„Er muss dich bewusst vergessen haben, damit du uns findest", meinte Chrissy sich sicher.

Jetzt, wo auch William halbwegs überzeugt schien, glaubte sie umso mehr daran, dass Aki das Alles nicht freiwillig getan hatte.

„Aber warum sollte Bojan Aki dazu zwingen so etwas allein zu machen, wo er doch auch uns da rein geschickt hat? Da hätte er Aki ja gleich das Gesamte allein machen lassen können."

„Eben, warum sollte ich euch dann in Gefahr bringen?", kam es von der Tür und alle schreckten zusammen.

In der Tür stand Bojan mit versteinerter Miene, hinter ihm Chris und Mr. Engl.

„Gibt es hier eine Versammlung, von der ich nichts wusste?"

„Bojan", murmelten die Ostküstengesandte und Tix unisono.

„Ich denke hier gibt es Redebedarf", sagte der eingewanderte Bosnier verärgert.

„Chrissy?"

Die Angesprochene sah ihren Boss nicht an.

„Ich wüsste nicht, was es da zu besprechen gibt."

Ein Seufzen kam von der Tür.

„Chris hat mir erzählt was los ist und es scheint da einiges zu geben, was du mir zu sagen hast."

Giftig betrachtete die Peanutbutter den Doktor der Crew, der entschuldigend zurückblinzelte.

„Gut, dann reden wir nicht darüber, aber dann möchte ich, dass du deine falschen Anschuldigungen für dich behältst. Nach so einem Tag möchte ich nicht noch, dass du hier meine Crew in zwei Lager teilst. Ich möchte damit jetzt abschließen."

Ein letztes Mal strafte Bojan die junge Frau mit einem genervten Blick, ehe er den Raum verließ.

„Tut mir echt leid, Namensvetterin", murmelte Chris, ehe er seinem Boss folgte.

„Mann!"

Kopfschüttelnd machte sich auch Mr. Engl auf den Weg.

„Chrissy?"

Tix sah zu Peanutbutter, die ein weiteres Mal in Tränen ausbrach.

„Oh."

Mit den Händen schützend vor dem Gesicht, ließ Chrissy sich zu Boden sinken und ließ den Tränen freien lauf. Sie war sich so sicher, dass Bojan da etwas verheimlichte, doch keiner würde ihr das glauben.

„Hm."

William neigte den Kopf etwas und sah hinab zu der Schwarzhaarigen.

„Du hast Recht. Er hat irgendwas zu verbergen."

Kapitel 13

Die perfekte Kopie

„Lass uns gehen, das ist Wahnsinn!", keuchte William.

Die Latina war bei dem Anblick der Frau ihr gegenüber, die der Ostküstenlady zum verwechseln ähnlich sah, mehr als nur geschockt. Das war selbst für sie zu viel. War Chrissy sich überhaupt bewusst in welch gefährlicher Situation, sie steckten?

Chrissy jedoch dachte nicht daran, nach ihrer großen Rede umzukehren. Wofür hatte sie so viel riskiert? Sie hatte sich sogar gegen Bojan gestellt, um ihr Ziel zu erreichen.

„Was ist, wirst du mir helfen?", fragte sie also nur.

„Ich bin mir nicht sicher. Ich mochte Aki nie sonderlich. Was springt denn dabei für mich raus, Süße?"

Chrissy schluckte. Sie hatte keine andere Wahl.

„Was du willst", antwortete sie mit dem Blick auf ihre Gegenüber, die sich auf einer schwarzen Couch rekelte.

„Was ich will?", grinste die perfekte Kopie der Peanutbutter.

„Was ist wenn ich längst alles habe was ich will?"

„Das hast du nicht."

Lady Phantom lachte schrill.

„Da hast du leider recht."

„Also?"

Leichtfüßig wie eine Katze sprang Phantom von der Couch auf.

„Weißt du, du hast dich ganz schön verändert. Das gefällt mir."

„Es ist viel passiert..."

„Ohja, das stimmt!"

Die Ältere leckte sich genüsslich über die Lippen, kam Chrissy gefährlich nahe.

„Diese Sache hat dich zerstört, nicht?"

Chrissy schenkte ihr keine Antwort.

Lady Phantom dagegen grinste und trotz der Tatsache, dass es Chrissys Gesicht war, wirkte dieses Grinsen total fremd und geradezu gruselig, wie William auffiel. Ähnlich sahen sich Chrissy und die eitle Lady auf alle Fälle, doch niemals könnte das Phantom es ganz schaffen, die Süße zu sein.

„Wir werden eine Menge Spaß haben, meine Kleine", flüsterte die irre Schwarzhaarige und strich Chrissy über das blasse, müde Gesicht, in dem man die Anstrengung der letzten drei Wochen deutlich sehen konnte.

„Ich denke, wir kommen ins Geschäft."

Als Lady Phantom der Peanutbutter so nahe kam, dass sich ihre Nasenspitzen berührten, machte William einen Satz nach vorne und stellte sich schützend vor ihre Freundin.

Ja, mittlerweile konnte die schöne Latina das Mädchen, welches sie sicher hinter sich schob, als eine Freundin bezeichnen, vielleicht sogar als eine kleine Schwester. Sie hatte sich langsam in ihr Herz geschlichen und William würde dafür sorgen, dass Chrissy nichts zustößt. Solange sie an ihrer Seite war, riss sie jeden in Stücke, der es auch nur wagte, ihr ein Haar zu krümmen.

Lady Phantom seufzte, als man ihr Chrissy einfach so entreißt.

„Kannst du deinem Hund nicht sagen, er soll sich nicht in unser Gespräch einmischen?"

Der ‚Hund' knurrte warnend.

„William, bitte, ist schon ok, sie sagte sie hilft uns", versuchte Chrissy die Dunkelblonde zurückzuhalten.

„Aber unter welcher Bedingung?", zischte sie in Richtung Phantom.

„Man kann ihr nicht trauen!"

„Chrissy, also wenn das hier mit uns zwei was werden soll und du willst, dass ich dir bei deinem Problem helfe, dann musst du mir deinen Wachhund vom Hals schaffen", seufzte Phantom mit gespielter Unentschlossenheit in ihrer dunklen Stimme.

„William, du kannst ruhig gehen. Ich will nicht das Bojan misstrauisch wird. Sag ihm ich bin nach der Mission sofort nachhause gefahren."

„Ich lasse dich nicht hier zurück! Und ich bin nicht dein Wachhund, also sag mir nicht, was ich zu tun habe!"

Chrissy lächelte William zuversichtlich an.

„Ich bin meinem Ziel seit Wochen endlich einen Schritt näher gekommen, das hier ist die einzige Hoffnung die mir noch geblieben ist. Bitte."

Die Latina war wie erstarrt.

„Was soll ich Tix sagen?"

Peanutbutter zuckte die Achseln.

„Sag ihr ich brauchte mal ‚ne Auszeit."

Lady Phantom lächelte zufrieden, als William von dannen zog und sie mit Chrissy in dem kleinen Wohnzimmer alleine ließ.

„Kommen wir zum Geschäft", flüsterte sie, sich über ihre knallroten Lippen leckend.

Währenddessen:

Unruhig trat William in die kalte Nachtluft von Los Senderos schäbiger Vorstadt, zündete sich eine Redwood an und nahm einen tiefen Zug, ehe sie den grauen Rauch in die Luft blies und die angefangene Zigarette unbeendet zu Boden schnippte, um dann ihren Weg zu ihrem Voodoo fortzusetzen. Wie war sie nur im Stande, selbst mit sich zu vereinbaren, Chrissy alleine mit dieser Psychopathin zu lassen, wo sie doch wusste, was sie jener antun könnte?

Aber irgendwas hatte die Peanutbutter in ihrem Blick, was William letztendlich dazu brachte ihrem Wunsch folge zu leisten.

In ihrem Wagen drehte die Latina ihr Radio auf und bemerkte erst dann, dass Chrissy wohl nochmals ihren Standardsender gewechselt haben musste, denn statt West Coast Classics war nun Radio Mirror Park eingeschaltet. Etwas genervt stellte sie wieder ihren Lieblingssender ein.

Und auch wenn Chrissy ihr manchmal den letzten Nerv geraubt hatte, sie hatte diese Seite an der Peanutbutter viel lieber, als ihre verschlossene, unnahbare Art, die sie seit Akis Inhaftierung oftmals an den Tag legte.

Sie verfolgte ihr Ziel, das ehrte sie, doch Chrissy hatte weder ihr noch Tix viel über ihre Pläne verraten und das machte William stutzig. Noch dazu saßen ihnen die anderen im Nacken, denen nicht verborgen blieb, dass etwas im Team nicht stimmte.

Noch eine ganze Weile saß die Dunkelblonde in ihrem Wagen, bis ihr das zu doof wurde und sie ihr Auto startete und losfuhr.

Unterdessen:

„Setz dich doch, Chrissylein."

Lady Phantom hatte es sich wieder auf ihrem Sofa mit weinroten Samt und Satinkissen bequem gemacht und klopfte dicht neben sich auf den Stoff.

„Dann reden wir etwas."

„Ich würde lieber darüber reden, was du als Gegenleistung willst für deine Hilfe", sagte die Peanutbutter und rührte sich nicht. Phantom seufzte bei diesem unhöflichen Verhalten ihr gegenüber, hob den Zeigefinger und fuchtelte in der Luft herum.

„Tze tze tze, also hier mache jetzt ich die Spielregeln und du sagtest, du machst was ich von dir will. Und ich will jetzt..."

Sie zeigte neben sich.

„...dass du dich zu mir auf das Sofa setzt."

Die junge Schönheit seufzte gequält auf. Das war Zeitverschwendung! Sie würde alles tun, doch erst nachdem die Lady ihr geholfen hatte.

Doch das Phantom wollte diese Bedingung anscheinend sofort eingelöst bekommen, und Chrissy graute es davor.

Langsam bewegte sie sich auf das Sofa zu, was Phantom zufrieden lächeln ließ. Als sie sich neben die Psychopathin setzte, zog diese sie noch näher heran.

„So ist es schon besser. So, was wollte ich dich fragen... Ah!"

Ein dunkles Kichern entrann ihrer Kehle.

„Bin ich nicht hübsch geworden? Mehrere OPs waren dafür nötig."

Das war das Letzte, was Chrissy je erwartet hatte zu hören. Natürlich war ihr nicht entgangen, dass Phantom eine perfekte Kopie von ihr selbst war, doch dass sie sich damit nun brüstete, war einfach nur verrückt.

Chrissy empfand sich nie als besonders hübsch oder etwas in dieser Art, weswegen sie nicht verstehen konnte, dass jemand anderes gerne so aussehen würde. Vor allem da die Frau neben ihr vorher eine reine Schönheit war, wenn man ihren irren Blick, außer Acht ließ, den sie jedoch immer noch perfekt drauf hatte.

„Ich finde es einfach perfekt! Du bist so durchschnittlich!", erzählte Phantom weiter.

„Wer könnte von diesem unschuldigen Gesicht denken, es führe Böses im Schilde?"

Sie strich sich liebevoll über ihre eigenen Wangen, hinunter bis zu ihrem Dekolleté.

„Wie ein kleiner Engel."

Chrissy wurde übel, sie wollte es nur schnell hinter sich bringen.

„Was willst du von mir als Gegenleistung für deine Hilfe?"

Lady Phantom lächelte ein teuflisches Lächeln, ihre irren Augen fixierten Chrissy wie ein Löwe seine Beute.

„Ich will du sein, voll und ganz."

Kapitel 14

Einer von uns

Angestrengt schnaufte Tix, hörte aber nicht auf mit ihren Fäusten auf, den Boxsack vor sich ein zu dreschen, den sie im hintersten Eck der Garage platziert hatte. Auch dann nicht, als Williams Auto mit lautem Motor herannahte, bis er dann irgendwann verstummte und man nur das Garagentor hörte, welches sich knarzend schloss.

„Um diese Uhrzeit, Tix?", nahm die Jüngste der Crew es durch die Halle schallend wahr.

Sie malträtierte den Boxsack unaufhörlich, bis William bei ihr ankam und die Braunhaarige bemerkte, dass sie alleine zurückgekehrt war. Sofort hielt sie inne und drehte sich um.

„Wo ist Chrissy?", fragte Tix verwirrt.

„Ich hab sie erschossen", kam es trocken von der Dunkelblonden, die sich ihren Pferdeschwanz neu band.

„Sie hat mein Radio umgestellt."

„Hast du sie laufen lassen, oder wie?"

„Ne, sie wollte noch was erledigen", erzählte William die halbe Wahrheit.

„Sie kommt bald wieder."

„Ah, ok... Warum hat sie nichts gesagt?"

„Hat sie doch getan."

William steckte sich eine Zigarette an und zog daran.

Tix verdrehte die Augen.

„Ich meine auch mir."

„Alles easy, jetzt weißte ja bescheid."

Die Latina drehte sich um und wanderte auf den Fahrstuhl zu.

„Und rauch nicht in der Garage!"

„Hm."

Oben angekommen kochte William sich zunächst einen Kaffee und ließ etwas später auf das große Sofa fallen, eine Zigarette nach der anderen rauchend. Vor Sorge hatte sie beinahe eine halbe Packung verbraucht und das alleine in den letzten zwei Stunden.

Wenn sie so weiter machte, dann wäre die Schachtel leer, ehe Chrissy von ihrer ganz eigenen Mission zurückkehrte.

In der Küche hörte sie Domi herum hantieren und zwei Minuten später kam die Blondine mit einem Teller voller Sandwichs zu ihr herüber.

„Wie war die Mission?", fragte sie William, warf sich zu ihr auf das Sofa und schnappte sich die Fernbedienung und ein Sandwich.

„Ganz ok", erwiderte die Dunkelblonde kurz angebunden und nahm noch einen Zug ihrer Zigarette.

Domi schien zu verstehen, dass sie keine Lust hatte darüber zu reden und lauschte dann dem Fernseher.

Tix derweil gönnte sich keine Pause mit ihrem Nahkampf-Training. Sie hatte das in letzter Zeit wirklich schleifen lassen, doch nun hatte sie ihre Motivation wieder gefunden. Normalerweise hatte sie schon mit

Domi trainiert, doch selbst diese hatte irgendwann keine Lust mehr gehabt, und war kopfschüttelnd gegangen. Tix wollte aber nicht aufhören, ehe sie sich nicht so gut es ging, verausgabt hatte.

Dieses Ziel erreichte sie jedoch in den nächsten dreißig Minuten so schnell, dass sie am Ende schwer atmend auf der Trainingsmatte lag und am liebsten einfach einschlafen würde. Nur ihre Gedanken hielten sie davon ab.

Wenn sie stärker gewesen wäre und sich nicht so kindisch benommen hätte, dann schickte Bojan vielleicht sie statt Tixer mit Chrissy und William ins FIB-Gebäude geschickt und sie würde das verhindert haben.

Selbsthass durchströmte sie wie ein reißender Fluss, riss alle guten Gefühle mit sich. Damals hatte sie sich vollkommen allein durchschlagen müssen und wurde früh erwachsen, doch in den letzten Monaten hatte sie sich wie ein verdammtes Kind verhalten!

Techscalibur gab ihr Geborgenheit und war für sie so etwas wie eine Familie, doch nun bekam diese trügerische Sicherheit einen Riss und die Crew schien sich in zwei Teile zu zerspalten. Sie fühlte sich machtlos dem gegenüber.

Gegen wen oder was sollte sie kämpfen, wenn sie nicht wusste, von wo Gefahr drohte? Mit welchen Waffen bekämpfte man das Unsichtbare?

Sie konnte sich nicht entscheiden, was ihr wichtiger war. Die Freundschaft zu der Peanutbutter oder die Crew, die ihr eine zweite Chance gegeben hatte? Es war zum Verzweifeln.

„Tix, Schnucki!"

Die Stimme kam ihr vertraut vor und auch irgendwie nicht. Tix blickte auf und sah über sich Chrissys Gesicht, was ihr freudestrahlend entgegenstrahlte. Zumindest glaubte sie, dass es sich bei dieser schief grinsenden Person um jene handelte.

Zum ersten Mal seit Wochen sah sie Chrissy wieder richtig lächeln und es erschreckte sie beinahe, so fremd erschien es ihr.

„Wo warst du denn noch? Bist du her gelaufen?"

„Nein, nein. Ich habe ein Taxi genommen", erklärte sie schnell.

„Du hättest mich anrufen können. Warum bist du nicht mit William gefahren?"

„Wir haben gestritten."

Tix blinzelte verwundert.

„Das hat sie gar nicht erwähnt... Etwa wegen dem Radio?"

„Ja!", erwiderte die Peanutbutter.

„Sie ist echt nachtragend."

Sie lächelte ihre beste Freundin an.

„Du weißt ja genau wie sie manchmal so ist."

Chrissys Blick wurde fragend, doch schlug sie wieder auf ungewohnt heiter um.

„Sie ist etwas ganz Besonderes!"

Lachend marschierten die beiden jungen Frauen zum Aufzug, mit dem sie hoch in ihre WG fuhren, wo William und

Domi vor dem Fernseher saßen, rauchten, aßen und ein paar Bierchen tranken, so wie sie sonst ihr Wochenende ausklingen ließen.

Kurz trafen sich Chrissys und Williams Blicke, mit dem die Dunkelblonde versuchte, herauszufinden, wie deren Treffen mit Lady Phantom verlief. Weiterhin, ob es Chrissy soweit gut ging, doch die Schwarzhaarige wandte den Blick sofort ab und setzte sich mit Tix zu ihnen auf das Sofa, wo sie ohne großes Gerede den Film weiter schauten.

Am Ende waren zwei der vier Powerfrauen eingeschlafen. Tix schlief tief und fest mit dem Kopf in Chrissys Schoß, während Domi der Länge nach auf dem Großteil des Sofas undamenhaft vor sich hin schnarchte.

William beobachtete Chrissy aus den Augenwinkeln, versuchte irgendwas zu finden, was ihr Gefühl bestätigte, dass etwas nicht stimmte, doch sie schaute stur geradeaus auf den Fernseher.

„Oh?", kam es von Domi nach einer Weile und mit einem lauten Gähnen, das selbst Tix weckte und sah sich verwirrt um.

„Bin ich eingepennt?"

William deutete ein Nicken an und nur mit Mühe schaffte die andere Blondine es, aufzustehen, um sich in ihr Zimmer zu begeben, ehe sie wieder einnickte. Dementsprechend schwankte Domi auch auf dem Weg durch das Wohnzimmer in den Flur.

Tix derweil grummelte wirsche Worte, drehte sich um und kuschelte sich an die Ostküstenlady, die das ganze über sich ergehen ließ. Doch etwas war merkwürdig an der Szenerie. Chrissy hätte dabei nie gegrinst wie ein Honigkuchenpferd. Sabberte sie da gerade etwa? What the fuck?

„Tix, du solltest ins Bett gehen", ertönte Williams strenge Stimme, die keinen Widerwillen zulassen dürfte.

„Ich guck doch noch", nuschelte das halb schlafende Mädchen.

„Sofort!"

„Aber.. nein!"

„Tix!"

Nur langsam kam sie auf die Beine, sank immer wieder fast zurück auf Chrissys Schoß, bis sie sich endlich aufraffte und ihren Platz murrend verließ. Einen Gute-Nacht-Gruß nuschelnd schlurfte sie dann weg von Chrissy. William seufzte erleichtert.

Nun schienen sie allein und ungestört. Die Junge schaute fragend zu der Frau aus der Garage, die sie mit Blicken untersuchte. Zunächst war da nichts Auffälliges an ihr, doch sie erkannte es an Chrissys Augen und dem Grinsen, welches sie zwischendurch aufgesetzt hatte. Es passte nicht zu ihr, als handelte sich bei dieser Chrissy um eine völlig fremde Person.

„Ist alles okey, William?", fragte sie total unschuldig und lehnte sich zu ihr rüber, um der Latina noch näher zu sein.

Die Dunkelblonde versuchte nicht sofort auf Abstand zu gehen.

„Du riechst gut", murmelte die beinahe perfekte Peanutbutter-Kopie und William musste aufpassen nicht irgendeinen abfälligen Laut von sich zu geben. Als ihre Gegenüber jedoch versuchte, sie am Gesicht zu berühren, da stürzte William sich auf sie und drückte ihr eine Waffe gegen den schwarzen Bob.

„Wo ist Chrissy?"

Die Überwältigte schnappte nach Luft.

„Was meinst du? Ich bin hier!"

William ließ den Abzug ihrer Waffe klacken.

„Wo ist sie, hm? Letzte Chance, ich würde sie nutzen."

„Du hast ziemlich lange gebraucht", grinste die Kopie überheblich.

„Ihr scheint die kleine Chrissy doch nicht so richtig zu kennen."

Lady Phantom leckte sich lasziv über ihre Lippen.

„Das wird sie aber nicht begeistern."

Ungeduldig sah die schöne Latina auf die Psychopathin hinab, ihre Waffe drückte sich tiefer in das Haar der Anderen.

„Was hast du mit ihr gemacht?", zischte William gefährlich.

„Wo ist sie?"

Phantom ließen ihre Tonlage und die Waffe an ihrem Schädel jedoch kalt.

„Wenn du mich tötest wirst du das nie erfahren."

„Wir können es drauf ankommen lassen!"

„Spielverderber."

Ohne die Miene zu verziehen hob Phantom ihre Hand, streckte sie aus und drückte sie gegen die Waffe, die noch immer auf ihrem Kopf gerichtet war, doch nun ins Leere zielte.

„Ihr geht es gut."

William zog sich hastig zurück und begab sich in eine abwehrende Haltung.

„Ich glaube dir kein Wort!"

Lady Phantom seufzte.

„Ich wollte nur etwas Spaß. Wer konnte denn ahnen, dass du so verkrampft bist, Schätzchen?"

„Bitte?"

Wieder entkam den Lippen der Schwarzhaarigen ein Seufzer.

„Chrissy ist so ein liebes Ding und so unschuldig. Nunja, das war sie wohl einmal, bevor ihr sie verdorben habt."

Phantom lachte, verstummte dann jedoch augenblicklich wieder.

„Trotzdem wird sie immer noch von euch beschützt, als wäre sie ein kleines Kind. Ihr denkt ihr kennt sie, aber da irrt ihr euch gewaltig."

„Und du kennst sie besser, hm?"

Die Psychopathin leckte sich über die Lippen.

„Ich weiß von ihrem Plan."

William schwieg. Nicht mal ihr oder Tix hatte Chrissy viel erzählt.

„Da bist du nun geschockt, oder?",
lachte Phantom.

„Ich habe meine Zeit mit der Süßen
gut genutzt, anders als ich es einst
geplant habe, aber es war dennoch
recht unterhaltsam. Und wir haben eine
kleine Abmachung getroffen, die sogar
Techscalibur zu gute kommen wird."

„Die da wäre?"

Spitzbübisch sah Phantom zu William
und grinste, als sie bemerkte, dass sie
den Fisch an der Angel hatte.

„Nachdem ich meinen Teil des
Versprechens eingehalten und Chrissy
bei ihrem Plan geholfen habe, werden
wir zusammen arbeiten. Um nicht zu
sagen, ich möchte ein Teil eurer Crew
werden."

Kapitel 15

Der widerliche Anthony

Vier Monate waren inzwischen vergangen, die Mädchen hatten schon lange nichts mehr von den anderen gehört. Um sich über Wasser halten zu können, sind die vier in das einzig lukrative Geschäft Los Senderos', neben dem Verkaufen ihrer Körper, eingestiegen, dem Business im Untergrund, auch „GRAND PRIX" genannt. Dieses Vorhaben fiel ihnen nicht all zu schwer, schließlich kannten sich zwei der vier mit dem Thema gut aus. Dom durch ihre drogenabhängigen Eltern und William durch die Machenschaften ihres Bruders.

Es war ein lauer Sommerabend, Tix und William fuhren zusammen in deren Voodoo, während Domi und Chrissy in

Doms Sultan hinterher heizten. Ihr Ziel war ein kleiner Schrottplatz am Rande von Cypress Flats. Der nächste Deal im Rennen um Geld und Ehre stand an. Diesmal mit einigen Aussteigern der Lost, welche eine eigene kleine Gang gegründet hatten. Ihr Anführer war ein Choleriker, man konnte nie sicher sein, wann er wieder einmal ausrastet. Im Untergrund war er nur als „Moonlight" bekannt, da man ihn nur im Mondlicht zu sehen bekam.

Der Voodoo und der Sultan bogen auf den Schrottplatz ab, dahinter hatten sich schon einige Begleitfahrzeuge postiert, welche hinter ihnen den Weg versperrten. Auf dem Platz standen bereits zwei schwarze Slamvans, ihre Scheinwerfer erleuchteten das staubige Feld.

Im Scheinwerferlicht konnte Chrissy eine Person erkennen, welche anscheinend Selbstgespräche führte. Er fuchtelte mit einer Pistole herum, schrie umher und zielte auf die anderen Anwesenden.

„Das ist wird er wohl sein. Moonlight", vermutete Domi mit ernster Miene.

„Überlasse am besten William und mir das Sprechen. Du und Tix seid für alles vorbereitet, Moonlight kann jede Sekunde die Beherrschung verlieren. Sobald etwas nicht planmäßig läuft, springst du in Deckung! Kapito, Amigo?"

Chrissy nickte, auch wenn sie nicht verstand, was denn so gefährlich werden könnte, schließlich hatten die vier es auch geschafft die „Grand-Prix-Ware" vorher den Lost abzuluchsen und das ehemalige Landei konnte sich nicht vorstellen, dass es noch unangenehmere Artgenossen als die in Los Senderos existierten. Außerdem würde er doch nie im Leben ausrasten, schließlich will er ja seiner alten Familie eins auswischen und was eignet sich da mehr, als sie aus ihren eigenen Geschäften auch noch mit ihrer Ware zu vertreiben?

Die beiden Autos parkten am Rande des weiten Rundes, sie stiegen aus. William und Domi gingen in Richtung Mitte des Platzes, alle zwei jeweils mit einer schwarzen Sporttasche umgehängt. Chrissy und Tix standen weit hinter ihnen am Rande des Scheinwerferlichts, so dass sie den gesamten Platz und die nahe liegende Straße gut überblicken konnten. Der Peanutbutter viel auf, dass irgendwas anders war, Domi und William schauten ernster, als sie es sonst taten. Vielleicht war dieser „Moonlight" doch nicht so harmlos, wie er durch seine kleine, schmächtige äußere Erscheinung wirkte. Dom und William blieben in der Mitte des Platzes stehen, Moonlight schlenderte langsam auf sie zu, er schaute wild in der Gegend herum und fuchtelte noch immer mit dessen Pistole.

Hinter ihm schritten zwei seiner Leute zusammen in die Mitte, einer hatte den Koffer in der Hand, der andere ein Gewehr. Auch Tix und Chrissy hatten ihre Waffen geladen und entsichert, man weiß ja nie, was kommen kann. Die drei zeigten einander die Ware, nickten und tauschten die Taschen aus, sieh drehten sich ihre Rücken zu und gingen zurück zu ihren Autos. Plötzlich waren quietschende Reifen und große Motoren zu hören. Chrissy schaute zur

Straße und sah, wie drei schwarze SUV's um die Ecke kamen und auf den Schrottplatz zuhielten. Auch die Rocker waren aufgeschreckt und eröffneten das Feuer auf die Wagen.

„Es ist eine Falle! Die Schlampen haben uns reingelegt, bringt sie um!", schrie Moonlight und schoss dann ebenfalls los.

William und Domi sprangen schnell über die Motorhauben ihrer Autos und verschanzten sich, auch Tix und Chrissy suchten sich eine Deckung. Aus den Wagen hüpften jeweils vier Schwarze, sie hatten Bandanas vor ihren Mündern und trugen grüne Accessoires, die Erkennungsmerkmale der Grooves.

„Was wollen die denn hier? Die machen alles kaputt", plärrte Domi.

Tix nutzte den Moment und schoss Moonlight an, er ging zu Boden und schrie herum. Genauso schnell wie die Schießerei startete, war sie auch wieder zu Ende. William beklagte sich lauthals um die Schäden an ihrem Voodoo, während Domi schon die unerwarteten Besucher anschrie und wutentbrannt auf sie zu rannte, Tix versuchte derweil sie zu zurückzuhalten, schließlich waren sie bewaffnet und hatten keine Verluste eingesteckt.

„Dom, Dom, lass es! Es ist doch alles gut! Wir leben, die Rocker sind tot und wir haben beide Waren bekommen. Sei froh, achte auf deinen Blutdruck."

Chrissy wunderte sich, weshalb diese Farbigen zu ihrem Deal kamen, als sie ein fünftes Auto sah, dass sich langsam näherte. Es war kein SUV, sondern eine dunkle Limousine, sie fuhr auf den Platz und die Fremden standen stramm. Der Wagen hielt, die Hintertür schlug auf und ein großer Schwarzer setzte seinen Fuß heraus. Er hatte einen braunen Anzug an und eine Melone auf dem Kopf, auch wenn für Chrissy alle anderen Dunkelhäutigen außer Jeffrey gleich aussahen, hatte sie das Gefühl diesen schon einmal gesehen zu haben.

„So so, da ist man nur mal kurz im Urlaub und meine Abwesenheit wird von so etwas hier ausgenutzt? Einem verrückten Ex-Lost und einem Haufen von Schlampen, die meinen sich auszukennen?"

Der Mann drehte sich um und schritt auf Moonlight zu, dieser war noch nicht tot, er lag nur schmerzgequält auf dem Boden.

„Oh Mama, was ist nur mit meiner schönen Stadt passiert?", seufzte er und gab Moonlight den Gnadenschuss. Danach drehte er sich den Frauen erneut zu, zündete sich eine Zigarette an und wartete wieder zur Mitte des Platzes.

„Mal im Ernst, Schwesterchen, habt ihr ernsthaft gedacht, ihr könntet was in dieser Welt werden? Hallo? Schaut euch doch mal an, ihr seid Frauen! Ihr habt doch keine Ahnung! Wenn ihr Geld braucht geht anschaffen, aber werft nie wieder ganz Los Senderos über Kopf!"

Darauf war es Chrissy klar. Es war Anthony! Jener eklige Typ, der vor einiger Zeit in der WG auftauchte! Diese überhebliche, machohafte Art würde sie nie vergessen. Sie schaute ihn angewidert an.

„Und nun husch husch ins Bett mit euch... Die Straßen von Los Senderos sind kein Ort für solche Schätzchen, wie euch. Erst recht nicht bei Nacht."

Chrissy hätte schwören können, dass er sie dabei anschaute.

Er schloss die Tür und seine Chauffeure fuhr los. Die vier SUV's folgten sofort.

„Hm. Ich schätze das war's, wir können nach Hause. Tix sammle die Waffen auf und pack sie in den Kofferraum.", wies William an.

Die vier stiegen in die Wagen und fuhren gen WG. Ihnen kamen bereits die Polizeisirenen entgegen. Später meinte Dom, dass Anthony wohl die Cops bestechen würde. Sie würden erst zu einem Einsatz kommen, wenn er es will.

Später im Bett fragte sich Chrissy, wie eine Person gleichzeitig beleidigend sein konnte und einem trotzdem das Gefühl gibt, einem zu schmeicheln und sich Sorgen zu machen.

Am folgenden Tag fuhr William gleich nach dem Essen los, um ihren Bruder zu sprechen.

Sie erzählte am Nachmittag, dass sich die Mädchen nicht allzu große Sorgen mehr machen müssten, denn ihr Vermieter würde sowieso kein Geld mehr von ihnen annehmen. Auch sonstige Kosten wären kein Thema mehr. Anscheinend hatte Anthony seine Schwester doch mehr lieb, als man zunächst vermuten würde. Am Abend fragte Chrissy William, was das Problem ihres Bruders wäre.

„Er traut Frauen nichts zu und will nicht, dass ihnen was passiert oder es ihnen schlecht geht, lieber will er sie beschützen und sich um sie sorgen. Hat aber auch seine Vorteile, so haben wir nun genug Geld um uns endlich wieder ordentlich auszurüsten. Er hat mir seine Hilfe zu gesprochen und eins kannst du mir glauben, er ist halt sonst schwierig und arschig, aber wenn er dir sein Wort gibt, wird er es auch immer halten. Und nun schlaf schön."

Die dunkelblonde Schönheit stand auf, machte das Licht aus und schloss die Tür.

„Was eine merkwürdige Familie", dachte sich Chrissy und schlief ein.

Kapitel 16

Unterstützung

Ein ganzer Monat nach den letzten Ereignissen war nun schon verstrichen und der Plan stand endgültig fest. Es würde nicht leicht werden, doch Chrissy wollte es durchziehen. Sie wusste, dass sie auf William und Tix zählen konnte. Und dann war da noch der Deal mit Lady Phantom.

Entschlossen schulterte Chrissy ihren Rucksack mit Munition und allem Nötigen, was sie für den Einbruch in die Blackbrook-Strafanstalt brauchen würde. Sie war die letzte im Apartment, während Tix und Phantom sich um die Fluchtfahrzeuge kümmerten und William zusammen mit Jeffrey noch eine Mission für Bojan erledigte, ehe sie sich ebenfalls auf den Weg in die Grand-

Senora-Wüste machte, wo sich alle am alten Schrottplatz treffen sollten.

Ein letzter Blick auf die Uhr sagte ihr, dass es Zeit war um ebenfalls so langsam loszugehen, wenn sie pünktlich am Treffpunkt sein wollte, also bewegte sie sich zum Ausgang des Apartments. Doch als sie die Tür öffnete, hätte sie nie mit der Person gerechnet, die sie da erblickte.

„Chrissy", grüßte er sie knapp und musterte die Peanutbutter nachdenklich, doch als der unerwartete Gast den Rucksack erblickte, zogen sich seine Augenbrauen kritisch zusammen. „Glaubst du, du tut das Richtige?"

Der Schwarzhaarigen war sofort klar: Er wusste es. Er gab sich sicher, was sie vor hatte und war hier, um sie davon ab zu halten.

274

Er sagte nichts, stand einfach nur da und sah sie aus müden, grünen Augen an.

Chrissy straffte ihre Schultern, sein Anblick machte sie wütend.

„Du wirst mich nicht umstimmen, Bojan. Wenn es sein muss verlasse ich die Crew, aber ich werde Aki da raus holen. Er hat für uns sein Leben riskiert und du stellst es so dar, als wäre er ein Verräter!"

Sie ballte die Hand zur Faust, drauf und dran sich den Weg frei zu machen. Er stand nur da und sah sie an.

Dann, es waren Worte, die Chrissy nicht ganz zuordnen konnte:

„Ich bin nicht hier um es dir auszureden."

Nun lag es an ihr, ihn wortlos anzusehen. Was wollte er damit sagen?

Unschlüssig wie er es erklären sollte, strich er sich über den Nacken und lächelte ein unsicheres Lächeln.

„Ich möchte dir meine Hilfe anbieten. Es stimmt, was du sagst. Ich habe Aki praktisch dazu gezwungen diesen Weg zu gehen und sich dem FIB zu stellen."

Erleichterung. Eine Last so groß wie die ganze Welt fiel von ihren Schultern. Endlich wusste sie, dass sie keinem Traum hinterherjagte und am Ende eine böse Überraschung auf sie wartete, sollte sie es schaffen Aki zu retten.

Nein, Bojan hatte ein falsches Spiel gespielt und hatte es endlich zugegeben. Doch vorerst war das dann doch kein so großer Trost, wenn sie bedachte, wie viel Schmerz sie in den letzten Monaten erlitten hatte.

„Wissen es die anderen?"

„Ja, es war längst hinfällig."

Eine weitere Last fiel von ihr.

„Gut", sagte sie leise.

„Woher weißt du von der Sache?"

„Domi war betrunken und hat mir von irgendwelchen Bauplänen der Strafanstalt erzählt, die bei euch in der Küche herum lagen."

Chrissy fluchte leise.

„Also, was ist? Kann ich einen Fehler wieder gut machen? Ich und die Crew stehen hinter dir, insofern sie dazu bereit sind."

Zum ersten mal seit Monaten hatte Chrissy das Gefühl, sie könnte ihr Ziel wirklich erreichen.

„Treffpunkt ist der Schrottplatz in der Grand-Senora-Wüste, seid so schnell wie möglich dort und nehmt an Waffen mit, was ihr auftreiben könnt!", wies Chrissy ihn an, lächelte und eilte an ihm vorbei, die Treppen hinunter in die Garage, in der auch ihre gelb-blaue Bati stand.

Seit Monaten hatte sie nicht einmal an ihr vorüber laufen können, ohne an die Zeit mit Aki denken zu müssen. Heute würde sie das Motorrad zum ersten Mal so richtig ausfahren.

Indessen bei Aki:

992, 993, 994, 995, 996, 997, 998, 999, 1000... Nochmal. 1, 2, 3, 4, 5, 6, 7, 8, 9...

Das tropfende Geräusch des Regens, der von der undichten Stelle in der Decke kam, machte ihn verrückt. Er hasste Regentage. Das Prasseln bedeutete, Stunden zählen und wenig Schlaf, was ihn schier rasend machte.

Ergo trieben ihn Regentage in den Wahnsinn und wenn er etwas mehr hasste als den Regen, dann war es dem Narrentum zu verfallen.

Wie viele Tage saß er nun eigentlich bereits in dieser verfickten Zelle? Wie lange trug er nun schon jenen hässlichen, orangenen Overall?

Hätte er gewusst, dass er am Ende hier landen würde, dann gäbe er sich letztendlich doch selbst die Kugel, statt auf das FIB zu hoffen. Mehrere Tage schlimmste Folter waren ihm lieber, als den Rest sdes Daseins hier verbringen zu müssen.

Naja, vielleicht hatte er es ja verdient. Er war in seinem bisherigen Leben kein wirklich guter Mensch gewesen und würde es vermutlich auch nie sein, selbst wenn er aus dem Knast raus käme.

Er würde vielleicht weniger Menschen töten und die Finger von harten Drogen lassen, aber mehr auch nicht, stattdessen wohl immer ein Arschloch bleiben.

Aber wenn er so nachdachte, dann war es wohl besser im Knast zu verrotten. So konnte er zumindest keinem Menschen mehr schaden, vor allem nicht seinen Freunden aus Techscalibur. Er fragte sich so oft, was sie denken mussten. Hatte Bojan jenen die Wahrheit erzählt? Wohl eher nicht, sonst würde er sich nun nicht darüber den Kopf zerbrechen, sondern mit ihnen am Tisch sitzen und Witze reißen.

Immer wieder musste er an die letzten Tage in der Crew denken. Hätte er gewusst, was auf ihn zukäme, dann hätte er diese Tage mehr genossen. Was würde er jetzt dafür geben den Members zu sagen, dass es ihm schrecklich Leid tat.

Die letzte Person, die er aus der Crew gesehen hatte, war Chrissy. Die Erinnerung war dunkel und verschwommen, aber an ihre grünen Augen, die zu ihm angsterfüllt hinab blickten, konnte er sich noch gut erinnern. Er stand im Konferenzsaal, umzingelt von FIB-Leuten, und dann sah er sie dort über ihm am Dachfenster stehen. In dem Moment war er froh gewesen, dass William sie gefunden hatte und sie es zumindest schafften zu entkommen. Immerhin hatte er sein Leben und seine Freiheit nur dafür aufs Spiel gesetzt.

Dieser letzte Augenblick, als Chrissy sich von ihm abwandte, war der schlimmste Moment in seinen fünfundzwanzig Jahren. Und dann dachte er, er wäre gestorben. Er hatte es sich gewünscht.

Zurück zur Ostküstenlady:

„Halt, stop!"

Chrissy bremste erschrocken ab, als ihr Jeffrey im Auto und mit quietschenden Reifen den Weg aus der Garage heraus blockierte.

„Bist du bescheuert?", fluchte sie laut drauf los und holte schnappend nach Luft.

„Warum sagst du nichts? Vertraust du mir nicht?"

Jeffrey sah sie aus seinem Fenster heraus verärgert an.

„Ich..."

„Wenn du mir etwas gesagt hättest, dann wäre ich von Anfang an auf deiner Seite gewesen!"

„Ich wollte es nicht noch schlimmer machen. Ich hatte schon Em und William in die Sache hinein gezogen."

„Nicht zu vergessen, Phantom. Wie kamst du nur darauf, Schätzchen? Sie ist eine gefährliche Frau."

Chrissy biss sich auf die Unterlippe.

„Ich weiß", gab sie kleinlaut zu.

Jeffrey schien jedoch Milde gestimmt. Er fuhr ein Stück zur Seite, so dass Chrissy freie Fahrt hatte.

„Ich schätze mal, du hast mit Bojan schon geredet. Ich werde tun was immer du willst, um Aki da raus zu holen."

Kapitel 17

Blackbrook Strafanstalt

Die Nacht brach an und Dunkelheit zog über die Grand-Senora-Wüste. Nur noch das Licht einzelner Straßenlampen erhellten die unbefahrenen Straßen. Im Schutz des Düsteren versammelte sich Techscalibur auf einem Schrottplatz, wie dunkle Schatten standen sie da, kein Scheinwerfer erhellte die Versammlung. Lange hatte Chrissy auf diese Nacht gewartet.

Noch klärte die Peanutbutter ihren Boss über den Plan auf, das Vorgehen wurde exakt im Dunklen besprochen, bis die rotierenden Blätter eines Cargobobs die Runde verstummen ließ.

Phantom hatte ihr Wort gehalten und zusammen mit Tix einen Gefallen bei Trevor Philips Enterprise eingelöst.

Die Scheinwerfer des Cargobobs leuchteten grell in die Gesichter jedes Crew-Mitglieds, als sie neben einem LKW landeten, der ebenfalls zum Teil von Chrissys verrückten Plans gehörte. Ein Plan, auf den sie so niemals gekommen wäre, so absurd war er doch.

Lady Phantom war durch und durch psychotisch, doch die Peanutbutter selbst musste um einiges verrückter sein, so hatte sie sich schließlich auf diesen hirnrissigen Plan eingelassen.

Die Türen des Cargobobs quietschten leise in der Stille, die sich nun bei dem Zusammentreffen von der Crew und Lady Phantom eingeschlichen hatte, als diese und Tix aus dem Hubschrauber stiegen. Bojan beobachtete jede kleinste Bewegung der Irren mit Argusaugen, ebenso wie auch der Rest der Crew ein Auge auf sie hatte.

Mr. Engl, als Bojans Bodyguard, blieb immer dicht in der Nähe seines Bosses und sorgte dafür, dass die Lady Abstand hielt. Chrissy und Tix dagegen standen keinen Meter von der Psychopathin entfernt und tauschten Blicke aus, bis Phantom mit einem dunklen Grinsen und einem Schulterzucken zurück in das Cockpit stieg, während Tix sich auf der Fahrerseite des LKWs niederließ.

Der Rest wusste bereits, was zu tun war und verteilte sich auf Cargobob, LKW und einem unauffälligen Wagen.

Phantom würde mit Engl und Bojan in der Luft bleiben und von oben für etwas Chaos über der Strafanstalt sorgen. Jeffrey, der sich zusammen mit Tixer und Tristler außerhalb der Haftanstalt auf einem Hügel positionierte, war guter Dinge, denn von dort aus bekamen sie eine perfekte Sicht aufs Geschehen und schafften es womöglich ihre Ziele sicher auszuschalten.

Em, Domi und Chris würden mit dem LKW im Gefängnis ihre Runden drehen und für Ablenkung sorgen, nachdem Phantom sie dort mit Hilfe des Cargobobs abgesetzt hatte, während Chrissy durch William ins Innere gelang.

Sollte alles wie geplant laufen, säßen sie später wieder im LKW und Phantom würde sie abermals an den Haken nehmen.

Chrissy nahm im hinteren Teil des LKWs auf der Ladefläche neben William und Domi platz und sah beide mit einem hoffnungsvollen Blick an, woraufhin die Kecke aus der Garage als Zeichen, dass es losgehen konnte, einmal kräftig gegen die Trennwand zum Führerhaus schlug. Tix ließ die Hupe des LKWs ertönen und nur einen Augenblick später erfüllte auch das Geräusch des Motors und der Rotorblätter des Cargobobs die Umgebung. Kurz darauf sagte das Klacken von Metall, dass der LKW sich am Haken befand und der LKW erhob sich schwankend in die Lüfte.

Es war totenstill, keiner wagte sich etwas zu sagen, auch weil es ohnehin im Lärm untergegangen wäre. Domi packte ihre Minigun, als sie glaubte, dass sich der Cargobob samt LKW knapp über der Blackbrook-Strafanstalt befand und prüfte zum letzten Mal ihre Munitionsvorräte. Auch Chris baute nun die finalen Teile seiner Panzerfaust zusammen und lud sie.

„Für etwas Aufruhr sorgen kann ich", hatte er vor weniger als einer Stunde gelacht und dabei sacht auf sein Waffenarsenal geklopft.

Auch Domi hatte zu dem Zeitpunkt noch gegrinst und sich auf das Kommende vorbereitet.

Nun war ihnen das Grinsen einer ernsten Miene gewichen. Ihre Gesichter zeigten keine Emotion, zu konzentriert schienen sie zu sein. Einzig in Chrissys Blick schwang auch Sorge und Angst mit.

Doch dafür war keine Zeit - Alarmsirenen ertönten und gaben ihnen das Zeichen, dass sie sich bereits so tief befanden, dass man sie entdeckt hatte. Chris und Domi stießen die Türen auf.

Die erste Panzerfaust flog und schlug in einem Wachturm ein. Der junge Kerl jubelte auf dem LKW, bei seinem vernichtenden Treffer.

Chrissy fasste all ihren Mut zusammen, denn sobald sie nahe genug an einem Zellenblock vorbei flogen, sprang sie mit Anlauf auf das Dach, dicht gefolgt von William.

Ein dumpfer Schlag ertönte und die Reifen jaulten quietschend auf, als Tix Asphalt unter dem LKW hatte.

Leblose Körper zierten den Weg auf dem Dach, was bedeutete, dass Jeffrey, Tristler und Tixer ihre Position bereits eingenommen und sich sofort daran gemacht hatten, die Wachtposten auszuschalten. Polizisten fanden ihren Weg über die Leiter nach oben, doch kaum erhaschten die uniformierten Männer einen Blick auf die zwei Eindringlinge, da fielen sie schon tot um.

Doch so würde das nicht weiter gehen, denn sobald sie sich im inneren der Strafanstalt befanden, könnte Jeffrey sie nicht mehr beschützen.

Mit schnellen Schritten eilten sie zu einer offenen Tür und eine Eisentreppe hinunter. Polizisten die ihnen auf den Weg hinab entgegenkamen, wurden blitzschnell von den zwei Frauen niedergestreckt.

Explosionen drangen von draußen ins Innere und hallten durch einen langen Gang des Zellenblocks.

„iDechs hier! Die Überwachungskameras habe ich ausgeschaltet. Ihr befindet Euch in Block B", ertönte die Stimme mit kanadischem Akzent durch ein kleines Mikro in Chrissys Ohr.

„Die Tür zum Hochsicherheitstrakt ist mit einem Sicherheitssystem verriegelt, da kommt ihr so nicht rein."

„Vorschlag?", hörte Chrissy nun William fragen, die ebenfalls mit dem iDechs in Verbindung stand.

„Ich kann Euch mit meinem Backdoor-Programm Zugang verschaffen, wenn ihr das kleine Ding das aussieht wie ein iPod mit dem Systemanschluss verbindet."

„Klingt vielversprechend", nickte Chrissy das Vorhaben ab.

William lotste die Peanutbutter durch den Hauptraum des Zellenblocks, in welchem die Gefangenen durch dem Lärm aufgeschreckt waren und in ihren Zellen randalierten. Einige Wärter versuchten sie zu beruhigen, hin zu einem Durchgang, der zur Zeit unbewacht blieb.

Vor einer dicken Stahltür machten die zwei Frauen halt. Die schöne Dunkelblonde befestigte das iPodartige Gerät an einem Anschluss der Zahlentafel und es verging weniger als eine Minute, da hatte iDechs das Signal empfangen.

Man hörte ihn ins Mikro lachen.

„Die brauchen echt ein besseres Sicherheitssystem."

Gleich darauf ertönte ein Piepen und nach einem weiteren Klicken öffnete sich die schwere Tür. Doch damit sahen sich Chrissy und William mit einem neuen Problem konfrontiert.

Kapitel 18

Das Ende?

Vor den zwei Frauen erstreckten sich links und rechts zwei lange Mauern aus Beton, die nur nach wenigen Metern Abstand mit Türen versehen waren. Sie müssten wohl oder übel jede Zelle untersuchen, um herauszufinden, wo sich der Akinator befand.

„Behalt den Ausgang dennoch immer im Auge", flüsterte William der Peanutbutter zu und machte sich daran die linke Seite entlang zu schleichen. Chrissy nahm sich die rechte vor.

Dicke Türen aus Stahl trennten die Frauen von den Insassen, nur die schmalen Klappen für die Mahlzeiten dienten als eine Sichtmöglichkeit.

Das Echo der Sirenen schallte durch das kühle Gemäuer, sowie auch die Rufe der Wachen und Schüsse drangen bis zu ihnen durch.

Gefangene schrien wie verrückt und Chrissy konnte bei einem Blick durch eine der Stahltüren sehen, wie ein Mann seinen Kopf gegen die Wand schlug, bis dessen Stirn zu bluten begann.

Auch der Nächste schien psychisch sehr labil zu sein. Regungslos stand er in einer Ecke, ein Lichtspalt strahlte direkt auf seine Augen, die der Schwarzhaarigen kalt und mordlustig entgegenblickten. Plötzlich schrie auch er auf, so dass Chrissy zurück stolperte, doch er sprang aus der Ecke zur Tür und griff mit seiner Hand durch den Spalt, wo er sie an ihrem Arm packte und versuchte diesen durch die Luke zu ziehen.

„Mach auf du Schlampe!", schrie er.

„Oder ich reiß ihn dir ab! Ich reiß dir den verdammten Arm ab!"

Chrissy wehrte sich heftig, verbiss sich jedoch einen Schrei, um sich nicht zu verraten. Mit ihrer Waffe schlug sie immer wieder gegen die Hand, die ihr den Arm beinahe zerquetschte, solange bis ein Fuß hervor schoss und den Arm des Psychopathen mit einem lauten Knacken brach.

William sah die Peanutbutter aus ihren strengen, braunen Augen heraus an, während Chrissy die schmerzende Stelle ihres Armes rieb, der sich bis eben noch im Griff des Mannes befand.

Frustriert über diesen Vorfall wandte die Hübsche sich ab, wurde jedoch von William aufgehalten.

„Chrissy", sagte sie knapp und zeigte auf eine Tür am Ende des Ganges.

„Er ist dort."

Wenige Worte reichten aus, um Chrissy erstarren zu lassen. So nah. Aki befand sich nur ein paar Meter entfernt.

Sofort eilte die Peanutbutter zur besagten Zelle und überzeugte sich selbst.

Dort saß er in der Mitte des kleinen Käfigs, sein orangener Overall war schmutzig, als hätte er ihn in der ganzen Zeit nie gewechselt, der Bart war ungepflegt und wucherte, sein Gesicht darunter war bleich und kränklich und die eisblauen Augen starrten in die Leere.

„Aki!", schluchzte Chrissy, die seinen Anblick kaum ertragen konnte.

Gerade als er erschrocken die Augenbrauen gehoben hatte, drängte William die Peanutbutter zur Seite und machte sich daran, dass Schloss zu knacken.

„Chrissy. Wenn er uns angreift müssen wir uns verteidigen", flüsterte die schöne Dunkelblonde ihrer Kollegin zu.

Ein Klicken verriet, dass das Schloss geknackt war, doch nach Chrissys Geschmack öffnete sich die schwere Stahltür zu langsam, auch wenn William bereits nachhalf.

Nach einer halben Ewigkeit so schien es, standen die zwei Frauen vor dem Akinator, der abwesend Worte in seiner Muttersprache vor sich hin säuselte.

„Aki", versuchte Chrissy, auf sich aufmerksam zu machen.

Der einst Starke kniff die Augen zusammen, als wolle er damit bezwecken, dass die Techscalibur-Mitglieder von alleine wieder verschwanden, wie zwei eingebildete Hirngespinste.

„Ihr seid nicht echt. Verschwindet!"

„Sorry, Kleiner!", schnalzte William mit der Zunge.

„Aber wir sind nicht nur hier um kurz Hallo zu sagen und dann wieder zu gehen."

Sie tappte auf ihn zu, wollte ihm aufhelfen, doch er kroch fluchtartig zurück, bis er gegen die Wand stieß. Er fluchte irgendetwas auf Serbisch.

Ein verrücktes, leicht nervöses Lachen entrang seiner Kehle.

Die Dunkelblonde seufzte und sah, überfordert mit Akis Zustand, zu Chrissy.

„Wir müssen ihn hier raus schaffen."

„Aki, Bojan hat uns alles erzählt. Wir wollen dich hier raus holen", flüsterte Chrissy und näherte sich ihrem früheren Mentor.

Dessen stechenden Augen sahen sie an, doch es schien, als würde er nur durch die Schwarzhaarige durch sehen. Das Licht, welches sonst so hell in ihnen strahlte, war aus seinen Seelenspiegeln gewichen und ließ nur dunkle Leere zurück.

Sie kniete sich zu ihm hin, versuchte, ruhig und bedacht seinen Arm um ihre Schulter zu legen, um ihm beim Aufstehen zu helfen. Er ließ es zu.

Von der Nähe aus sah er noch schlimmer aus, als zuerst angenommen. Er schien selbst zu schwach, um mit Chrissys Hilfe zu stehen geschweige denn einen Meter gehen zu können.

William sah sich gezwungen ihn ebenfalls eine Stütze zu geben.

Zusammen schleppten sie den Gefangenen den Gang zurück, durch die entsicherte Tür und umgingen weiteres Sicherheitspersonal, welches auf der Suche nach ihnen zu sein schien. Als die Wachen die entriegelte Tür zum Sicherheitstrakt vorfanden und die leere Zelle, schlugen sie zusätzlichen Alarm.

Auf den Weg zurück zum Dach wurden sie von einem unerwarteten Trupp mehrerer N.O.O.S.E-Agenten entdeckt, die das Gebäude nun gestürmt hatten.

„Fuck!", fluchte William und schlug eine andere Richtung ein.

„iDechs! Wir haben hier ein großes Problem", schrie sie in das Mikro, doch es kam keine Antwort. Die Verbindung wurde gestört.

„William, hier!"

In ihrer Sicht tauchte Tix auf, die sie in letzter Sekunde in einen weiteren Gang lotste, ehe ein Sturm von Kugeln an ihnen vorbei rauschte. Die N.O.O.S.E waren jenen nun dicht auf den Fersen.

„Geht weiter, ich mach das hier!", presste Tix hervor.

In ihrem Blick verbarg sich pure Entschlossenheit.

Chrissy haderte mit sich. Furcht durchfuhr sie. Angst um ihre beste

Freundin. Würde Tix gegen eine ganze Einheit ankommen? Wohl kaum.

Doch die sah ihr lächelnd ins Gesicht.

„Ich schaff das schon. Komm´ du erstmal hier raus."

Wenige Sekunden blieben Chrissy, diese nutzte sie und zog Tix noch einmal in eine vorerst letzte Umarmung.

„Passt auf euch auf."

William ließ ihnen keine Zeit mehr, sie drängte die Peanutbutter zum Gehen und mit einem letzten Blick zu Tix, die nun mit erhobener Waffe um die Ecke verschwand, rannten sie mit Aki weiter.

Ihnen blieb etwas Vorsprung und schnell kamen sie über einen anderen Weg auf das Dach, wo jedoch mehrere N.O.O.S.E-Helikopter über ihren Köpfen hinweg flogen und sich eine weitere Einheit abseilen ließ.

William, die den Cargobob gesteuert von Lady Phantom als erstes erblickte, überließ Aki voll und ganz Chrissy und zielte mit ihrem MG auf die Agenten, die einer nach dem anderen die Helikopter herab fielen wie die Fliegen.

„Geh´ weiter!", schrie sie die Schwarzhaarige an und versuchte die Scharfschützen aus den Helis zu holen, damit der Cargobob ohne Gefahr auf dem Dach landen konnte.

Chrissy tat wie geheißen und versuchte mit Aki im Schlepptau über das Dach zum ausgemachten Abholpunkt zu fliehen. Mittlerweile schien der Braunhaarige etwas mehr bei sich zu sein und erleichterte seiner

Stütze das Gehen, in dem er die letzte Kraft in den Beinen sammelte.

Kugeln schossen an ihnen vorbei, verfehlten Chrissys Schulter um Haaresbreite und trafen einen der Luftschächte, über den sie kurz darauf hinweg kletterten und dahinter in Deckung gingen.

„Hört mich jemand? Tixer? Domi!", versuchte sie Kontakt zu ihrer Crew aufzunehmen, um ihnen mit zu teilen, dass sie Aki befreit hatten und nun auf der Flucht waren.

Natürlich ohne Erfolg. Irgendetwas oder jemand musste ihren Funkverkehr unterbrochen haben.

„Scheiße."

Der Cargobob blieb knapp zwei Meter über dem Dach des Blackbrook-

Gefängnis in der Luft und Bojan sprang zu diesen hinab, um mit Chrissy Aki ins Innere der Fluchtmöglichkeit zu verfrachten, wo Lady Phantom das befreite Crew-Mitglied in Empfang nahm, um ihn festzuschnallen. Als der Akinator aber das Gesicht dessen ehemaligen Bosses und dass einer Frau sah, die Chrissy zwar zum Verwechseln ähnlich schien, jedoch die kalten Augen seiner Erzfeindin besaß, da sträubte er sich mit allen Mitteln.

Ein kleiner Kampf brach aus, den Bojan sofort zu unterbinden wusste.

„Beruhig dich, Aki!", sagte er, kletterte in den Cargobob und fesselte den Ex-Söldner.

„Keiner will dir was Böses."

„Jebi se", knurrte Aki, was Bojan geflissentlich zu ignorieren schien und gleich darauf half er auch Chrissy in den Cargobob.

„Was ist mit William und Tix?", brachte die Grünäugige gehetzt hervor und suchte das Dach nach ihrer Freundin ab, die jedoch spurlos verschwunden war. Bei dem Gedanken ihr könnte was passiert sein, gefror der Peanutbutter das Blut in den Adern.

„Wir müssen auf die beiden warten, solange es uns möglich ist!"

„Tut mir leid, aber ich denke die wichtigsten Personen habe ich", kam es lachend von Lady Phantom, die nun mit aufgerichteter Schusswaffe auf die Gruppe zielte.

„Mr. Engl wenn du jetzt bitte losfliegen würdest?"

„Was soll das, hey, Shit!"

Knapp verfehlte eine Kugel den Kopf des gänzlich unbewaffneten Mr. Engl und zerschlug die Windschutzscheibe des Hubschraubers.

„Was zum Teufel?", schrie Chrissy gegen den Lärm der Rotorblätter an, als Engl der Aufforderung nach kam und sie losflogen.

„Wir können die anderen doch nicht dort lassen!"

„Du siehst doch, dass ich das kann!", lachte Phantom und bedrohte Mr. Engl mit der Waffe. „Ich habe endlich was ich will. Euch drei auf einem Fleck, mir hilflos ausgeliefert. So eine Chance bekomm ich nie wieder."

Aki sog zischend die Luft ein.

„Chrissy, schnell! Mach mich los!"

Bojan zog seine Pistole und zielte auf Phantoms Kopf, doch die war gewitzter und mit einem gezielten Schuss entwaffnete sie den Bosnier sofort und traf ihn mit einem Weiteren in die Schulter, wodurch er mit gequälten Gesichtsausdruck nach hinten fiel und auf das kalte Metall unter ihm aufkam.

„Beim nächsten Mal solltest du die Waffe zuerst entsichern, Bojan."

Die Pistole derweil rutschte etwas über den Boden des Cargobobs und Chrissy nahm sie hastig an sich, um nun ebenfalls auf Phantom zu zielen, die bei diesem kläglichen Anblick nur zu lächeln begann und weiter auf Mr. Engl zielte.

„Erschieß mich ruhig. Mal sehen wer dann das Ding hier fliegt, obwohl ich sagen würde, dass es dann keiner mehr fliegen wird."

Chrissy ließ die Andere nicht aus den Augen, unsicher hielt sie die Waffe in ihren Händen und zögerte.

Lady Phantom grinste, den Blick weiterhin auf die Peanutbutter gerichtet, zog sie einen kleinen Gegenstand aus ihrer Hosentasche.

„Siehst du das hier? Ich könnte aber auch gleich uns alle in die Luft jagen."

Die Psychopathin hielt in ihrer Linken einen Sprengknopf, den sie den drei Techscalibur-Mitgliedern, mit einem breiten Grinsen auf den Lippen, präsentierte.

„Natürlich werde ich euch so oder so töten, aber zuerst möchte ich noch ein bisschen spielen."

Immer näher kamen sie dem Alamosee, hinter ihnen Hubschrauber der Polizei.

Chrissy verzweifelte. Sie drückte ihre Jacke auf Bojans Schusswunde, um die Blutung so gut es ging zu stoppen.

„Ich dachte ich könnte dir vertrauen? Du hast mir dein Wort gegeben!", schrie sie.

„Und das habe ich doch eingehalten, meine Süße!", meinte Phantom.

„Aber denkst du wirklich, nach allem was mir Techscalibur angetan hat, was ihr mir genommen habt, verzeihe ich euch und spiel euer Hündchen? Ich will endlich Rache!"

„Chrissy hat nichts damit zu tun. Lass sie gehen", krächzte Aki, kaum gegen die Laute des Cargobobs ankommend, der schon einige Schüsse einstecken musste.

Dunkler Rauch stieg bereits an beiden Seiten empor und immer wieder gab er ein Quietschen von sich.

„Halt´ die Klappe!", rief Lady Phantom, das Gesicht zu einer Fratze verzogen und riss die Waffe zu ihm herum.

„Sie hat es ebenso verdient zu sterben, wie ihr zwei. Du, mit deiner unerträglichen Art und Bojan, der mir seit langem ein Dorn im Auge ist. Aber wenn ihr erstmal tot seid, dann wird Los Senderos', ja sogar ganz San Sebastian, ein besserer Ort! Und ich bin die Heldin, die Techscalibur ein Ende gesetzt hat! Man wird von mir erzählen und es mir danken!"

„Das glaubst du doch selbst nicht."

Bojan unterdrückte den erneut aufkeimenden Schmerz und versuchte sich aufzurichten, wobei er von der Peanutbutter nur widerwillig Hilfe bekam, denn jener wäre es lieber, wenn ihr Boss liegen bleiben würde.

„Die Stadt wird sich in dieser Hinsicht nie ändern. Eine perfekte Maske aus Reichtum, Macht, Ruhm und blickenden Lichtern, aber dahinter verstecken sich Bandenkriege, Korruption, Mord und Drogenhandel. Auch ohne Techscalibur wird das so bleiben."

Der Akinator lachte schallend auf. Als Chrissy, Bojan und Phantom zu ihm sahen, bemerkten sie, dass er bereits aufgestanden war. Unbemerkt hatte er es geschafft seine Fesseln zu lösen und nahm nun Chrissy sachte die Waffe aus der Hand, die er auf Bojan richtete.

„Aki, was soll das?", entfuhr es der Peanutbutter und schützend stellte sie sich vor den Chef der Crew. Die Irre derweil brach bei dieser Szenerie in Gelächter aus.

„Wie Phantom es sagte: So eine Chance bekommt man nie wieder", grinste Aki.

„Und jetzt geh zur Seite Chrissy."

„Tu das nicht, Aki."

„Geh. Zur. Seite."

„Ok, Schluss! Aus! Ende! Wenn hier jemand Bojan tötet, dann bin ich das!", meinte die Psychopathin und richtete ihre Waffe auf den Akinator.

Ein großer Fehler. Mr. Engl, der das Cockpit verlassen hatte, überwältigte die Dunkelhaarige, die mehrere Schüsse ab gab und dabei das Innere des Cargobobs traf, der darauf noch schlimmer zu schwanken begann und letztendlich abstürzte.

Chrissys Kopf knallte hart gegen Metall, als sie eine Wucht traf und kurz wurde ihr schwarz vor Augen. Hektik brach aus, ein Kampf zwischen Phantom und dem Leibwächter, in den sich Aki einmischte, entstand und alles drehte sich wie wild. Sie sah nur noch, wie Mr. Engl aus dem Cargobob stürzte.

Immer wieder versuchte die Peanutbutter aufzustehen, doch ihr riss es den Boden unter den Füßen weg.

Wenig später kamen sie auf dem See unter ihnen auf und der Cargobob füllte sich schnell mit Wasser. Die Flut ließ nicht zu, dass sie entkommen konnte und immer wieder wurde sie von einer

Wasserdruckwelle gegen die Wand gedrückt.

Das Wasser brannte ihr in den Augen, Panik stieg in ihr hoch, doch sie versuchte, in der Dunkelheit der Tiefsee etwas zu erkennen. Bojan befand sich noch immer direkt neben ihr, doch er schien nichts mehr von alldem mitzubekommen.

Aki schwamm in ihr Sichtfeld, zuerst dachte sie, er wolle Bojan etwas böses, doch er packte ihn nur um ihn vor dem Ertrinken zu retten. Als er auch sie mitziehen wollte, symbolisierte Chrissy ihm, dass sie schon zurechtkam und er nicht die Beiden befreien konnte.

Die Peanutbutter hangelte sich an der Wand entlang, sah, wie der Akinator mit Bojan aus ihrem Sichtfeld verschwand und versuchte ebenfalls zu entkommen, bis sie im freien von jemandem gepackt und zurückgezogen wurde. Ein diabolisches Grinsen erschien neben ihr und ein Klicken ertönte.

Chrissy riss die Augen auf, als sie den Zündknopf in Phantoms Händen ausmachte und kämpfte gegen die Verrückte an, doch es war bereits zu spät, um zu entkommen. Eine riesige Druckwelle erwischte sie und drückte ihr das letzte Bisschen Luft aus den Lungen.

Ihr wurde schwarz vor Augen, ihr Körper schmerzte und sie war dabei zu ertrinken.

„Aber das ist völlig in Ordnung", dachte Chrissy Peanutbutter, solange ihre Freunde überlebten.

Kapitel 19

Epilog

Schatten der Vergangenheit

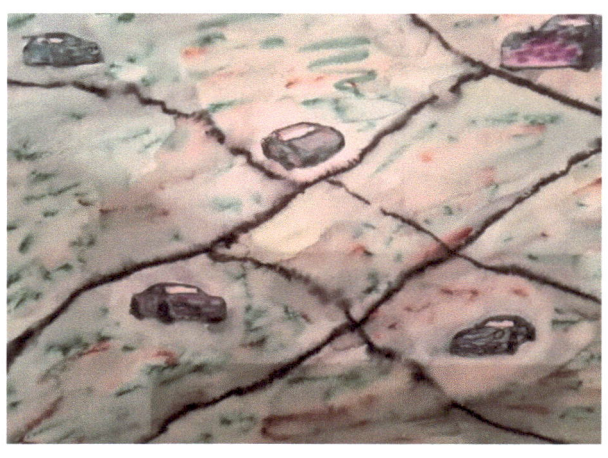

Kalt und von Dunkelheit umhüllt.

Der Körper wurde taub, ihr Kopf war wie leer gefegt. War sie tot? Fühlte sich so der Tod an?

Plötzlich spürte sie, wie ein Blitz durch ihre Knochen jagte. Sie versuchte zu schreien, doch kein Ton kam ihr über die Lippen, oder zumindest glaubte sie das.

Regungslos schwebte sie in der Dunkelheit, kein Licht weit und breit. Allein.

Dumpfe Töne drangen an ihr Ohr, doch erreichten sie kaum. Eine Stimme erklang weit entfernt und sie spürte einen Druck auf ihrem Brustkorb. Einmal, zweimal. Etwas Warmes und Wohliges näherte sich ihrem Gesicht, legte sich auf ihre kalten Lippen und hauchte ihr Leben ein es versuchte das zumindest.

Sie wollte ihre Augen öffnen, doch sie schaffte es nicht.

Was erwartete sie zu sehen? Was würde dort sein? Sie konnte den Gedanken nicht ertragen bewusst in die Dunkelheit zu blicken. Moment, das

Gehirn arbeitet und spielt einen Film ab? War sie etwa nicht tot?

„Chrissy!"

Wieder eine Stimme. Nein, es schienen zwei zu sein.

„Wir müssen gehen, die Polizei wird gleich hier sein. Sie wird es überleben."

Nun drangen auch die Sirenen bis in ihr Bewusstsein vor. Die Cops. Die Flucht. Aki. Und was wurde aus ihren ganzen anderen Freunden?

Sie war im Cargobob zusammen mit Bojan, Aki und Mr. Engl, auch Lady Phantom war bei ihnen und dann stürzten sie ab. Beinahe wäre sie von der Unterwasser-Explosion in Stücke zerfetzt worden, so fühlte es sich jedenfalls an. Doch nun lag ihr schmerzender Körper auf festen

Untergrund, ihr schwarzes Haar klebte ihr im Gesicht und man hatte ihren Kopf auf etwas Weiches gebettet.

„Wir liefern sie aus?"

Da! Diese Stimme würde sie unter Tausenden wieder erkennen. Der Akzent, die Art Dinge auszusprechen, die Wärme oder auch Kälte in jenem Tonfall. Sie sah ihn förmlich vor sich: Wie er mit einer Hand durch sein dunkelbraunes Haar strich, die stechend blauen Augen auf ihr ruhend und das überhebliche Grinsen auf den Lippen, welches von seinen Bartstoppeln umrahmt wurde. Aki, der Große und Starke mit dem geilsten Auto der Welt.

„Im Moment ist es sicherer wenn wir sie hier lassen, die Polizei wird vermuten, dass wir sie zu allem gezwungen haben", erklärte die zweite

Stimme, ebenfalls mit einem Dialekt versehen.

„Er wird sich um sie kümmern."

„Er?"

Schweigen.

Nein, tiefe und unheimliche Stille. Sie war kurz davor wieder abzudriften.

Sie versuchte, auf sich aufmerksam zu machen, wollte die Arme ausstrecken und sagen, dass sie nicht allein sein möchte, doch es machte den Anschein, als wären ihre Versuche erfolglos geblieben. Sie war sie nicht im Stande, sich zu rühren.

Kurz heulten die Sirenen so laut auf, dass sie glaubte ihre Trommelfelle würden zerspringen, doch gleich darauf kehrte wieder dieses bedrückende Silentium ein.

Chrissy wusste, nicht wie sie es schaffte, doch plötzlich konnte sie ihre Augen öffnen und sah verschwommen mehrere Personen zusammen stehen. Doch die einem Aquarellgemälde ähnelnden Umrisse wurden schnell wieder zu Schatten, die ihr den Rücken zukehrten und sich immer weiter entfernten.

Bevor es wieder dunkel um sie herum wurde, bemerkte sie eine Person neben sich, die sie zu beobachten schien.

„Na?"

Sie nahm nur noch den Geruch von kaltem Rauch wahr, ehe sie wieder in Ohnmacht fiel.

Ein Jahr war seit dem vergangen. Ein ganzes Jahr, in dem sie fast rund um die Uhr von FIB-Agenten überwacht wurde, in der Hoffnung Techscalibur würde versuchen mit der Peanutbutter in Kontakt zu treten. Doch sie waren wie vom Erdboden verschwunden. Das FIB gab auf.

Ihr Blick wanderte über das Meer, an dem Leuchtturm vorbei, der den Schiffen den Weg wies. Die kühle Meeresbrise ließ sie frösteln, doch sie wollte noch nicht zurück ins Haus, also blieb sie weiter auf der Steintreppe sitzen.

Das war jetzt ihr Zuhause, ein altes Haus am Meer, mitten im Nichts, der Einöde der Vereinigten Staaten von Amerika, allein und abgeschottet.

So hatte sie es sich gewünscht, und Anthony hatte ihr den Wunsch letztendlich erfüllt, in dem er ihr kurzerhand dieses Haus kaufte. Ab und zu kam er mal mit einigen seiner Leute vorbei, um nach dem Rechten zu sehen, doch er konnte sich das Elend vermutlich nie lange mit ansehen, und verschwand auch schnell wieder, nachdem er nur wenige Worte mit ihr gewechselt hatte.

Sie gab zu, sie machte es ihm auch nicht wirklich einfach. Oft saß sie nur da und stimmte ihm zu, was ihn dann immer so aufregte, dass er genervt und frustriert, und ohne weitere Worte, aus dem Haus ging.

Es tat ihr im Nachhinein zwar immer etwas leid, weil er sich ja Mühe gab sich mit ihr gut zu stellen, doch ihr gefiel der Gedanke nicht, dass er nur so besorgt um sie war, weil sie mit William befreundet war. Sie wollte kein Mitleid und schon gar nicht, dass sich jemand mit ihr abgab, wenn er sie eigentlich nicht einmal mochte.

Die Schwarzhaarige blickte von der ruhigen See hinauf in den Sternenhimmel und verfiel ihren Gedanken erneut.

Ihr war klar, dass es so nicht weiter gehen konnte, sie musste die Geschehnisse hinter sich lassen und Techscalibur endgültig vergessen., denn keiner von ihnen würde wieder zurückkommen mit den heißen Öfen in lila, blau und knallrot, getuned und tiefergelegt, das wäre viel zu riskant.

Doch sie würde die Gesichter ihrer Freunde so gerne wieder sehen, mit ihnen reden und lachen. Ein Seufzen, ja

Stöhnen verließ ihre Lippen, fast einem Schluchzen gleich. Chrissy ließ den Kopf hängen und schloss die Augen, unterdrückte dabei krampfhaft den Drang loszu weinen. Das würde ihre freakigen Freunde und den „Grand Prix um Ruhm, Ehre, Geld und das Team" auch nicht zurückbringen.

Eine Weile verharrte sie so, bis ein Geräusch sie aufschrecken ließ.

Aufmerksam ließ sie ihre Augen, die sich längst an die Nacht gewöhnt hatten, über das Grundstück voller Blumen und niedlichen Grashügeln wandern und zog dabei ihre Schusswaffe, die sie sicherheitshalber immer mit sich trug, auch weil Anthony ihr dazu geraten hatte.

Gerade als sie die schattenhafte Gestalt ausmachen konnte, zog eine

Wolke über den Mond und ließ den Garten mit dem kleinen, steinigen Weg in der Mitte in tiefer Dunkelheit zurück.

„Wer ist da?", rief sie, doch es kam keine Antwort zurück.

Fast dachte sie, sie hätte sich die Schritte und den Schatten nur eingebildet, doch dann gab die Wolke den Mond wieder frei und das Mondlicht schien direkt in das Gesicht des nächtlichen Besuchers.

Der Akinator hatte unzählige Autos, wohl zusammengestohlen, denn es waren auch Masseratis, Ferraris und Lamborghinis in allen schillernden Farben mit leuchtenden Scheinwerfern am Strand vor den Wogen des Pazifischen Ozeans hier an der Westküste auffahren lassen.

Sie bildeten keinen Kreis, sondern einen Schriftzug über die ganze Bucht verteilt:

„Willst Du mich heiraten, Chrissy?"

„Mehr denn je", flüsterte die Peanutbutter und goss sich eine Tasse Kaffee ein.

„An der Ostküste mag man anständige Menschen."

ENDE

www.romanuskripte.de

Dieses Buch widme ich meinem besten Freund und Trauzeugen Andreas Ramsauer, meinem guten Freund Dixa und meiner Familie.

Roman Reischl